이런 진로 이야기는 처음이야

이런 진로 이야기는 처음이야

각 분야 천재들이 들려주는 ♥ 공부 의욕 뿜뿜 ♥ 진짜 직업의 세계

수의사
나응식

산부인과 의사
오수영

물리학자
황정아

프로파일러
고준채

판사
허승

게임기획자
최영근

성우
심규혁

특수교사
권용덕

변화하는 시대에 맞춘
현실감 넘치는 진로 이야기

"꿈이 있어야 해!"

청소년이라면 귀에 딱지가 앉도록 듣는 말입니다. 하지만 뻔한 조언만으로, 잔소리만으로 꿈이 저절로 생겨나지는 않습니다. 그럼 어떻게 적성과 흥미에 맞는 진로를 찾을 수 있을까요?

《이런 진로 이야기는 처음이야》는 꿈 앞에서 막연함을 느끼는 청소년의 가슴을 뛰게 할 8가지 일의 세계를 소개합니다. 이 책에는 누구나 아는 정보가 아닌, 입체적이고 현실적인 진로 이야기가 담겨 있습니다. 현장에 몸담은 사람만이 말할 수 있는 '진짜' 이야기들이지요.

다양한 분야에서 일하는 저자들 사이에는 공통점이 있어요. 자기 일에서 뛰어난 성과를 쌓은 '본업 천재'라는 점입니다. 전국 고양이 집사의 대표 스승이 된 수의사, 국가적 우주 프로젝트에 성공한 물리학자, 우리 사회를 떠들썩하게 한 살인사건의 범인을 잡은 프로파일러,

4

모두가 열광하는 게임을 만들어 '덕업일치'의 끝판왕으로 자리 잡은 게임기획자⋯. 모두 각 분야에서 빛나는 성취를 이루었습니다.

요즘은 직업이 하나에 고정되지 않는 시대이기도 해요. '부캐', '사이드잡' 등의 이름으로 여러 직업을 가질 수 있게 되었지요. 저자들은 드라마 제작 참여, 예능 출연, 유튜브 운영 등 좋아하는 일을 하다 얻게 된 새로운 기회와 특별한 경험도 들려줍니다. 물론 어떤 일이든 항상 재밌기만 한 것은 아닙니다. 책 속에는 크고 작은 위기와 슬럼프, 실패담 같은 피, 땀, 눈물이 뒤섞인 과정이 솔직하게 담겨 있습니다. 저자들은 그럼에도 일을 지속하고 사랑하는 이유를 함께 들려줍니다.

학업에 지칠 때, 공부의 이유를 찾지 못할 때, 되고 싶은 게 없어 막막할 때, 언제라도 좋습니다. 8가지 빛깔의 경험과 조언을 담은 책을 읽으며 어떤 이야기에 마음이 움직이는지 발견해 보세요. 청소년 시기를 지나는 모든 독자에게 이 책이 든든한 힘이 되기를 바랍니다.

차례

고양이의

마음이
궁금해서

수의사

나응식

대한민국 대표 고양이 행동교정 전문 수의사.
EBS 〈고양이를 부탁해〉의 '냐옹신'이자 2,800만 뷰를 기록한 〈냥신 TV〉를 운영하는 유튜버, 그레이스 동물병원의 대표 원장이다. 충북 대학교 수의학과를 졸업하고 같은 대학원에서 박사 과정을 수료했다. 한국고양이수의사회 자문 위원으로 반려동물을 키우는 사람들을 위한 교육을 20여 년간 이어 오고 있다.

즐거울 때

동물뿐만 아니라 동물을 키우는
사람의 마음과 행복까지 지킬 때

힘들 때

"해치지 않아요!" 진료를 무서워하는
동물을 달래야 할 때,
동물의 아픔이 그대로 느껴질 때

필요한 능력

동물의 마음을 읽는 교감과 소통 능력,
작은 몸짓 하나 놓치지 않는 관찰력

"안녕하세요, 선생님! 지난번 통화한 조○○ 작가예요. 한 시간 후에 촬영이 진행될 예정이고요. 촬영이 시작되면 사전에 인터뷰했던 내용을 편하게 이야기하시면 될 듯해요."

대기실에 앉아 있던 설채현 수의사와 저는 그제야 실감이 났습니다. 어디에 있었냐고요? 한국에서 제일 유명한 MC 유재석 씨가 진행하는 〈유 퀴즈 온 더 블럭〉이라는 프로그램의 촬영장 대기실이었습니다. 떨리는 기다림 끝에 촬영이 시작되자 30여 대가 넘는 카메라가 제 말 한마디 한마디와 표정 하나하나를 찍었습니다. 다시 정신을 차려 보니 팔을 뻗으면 닿을 거리에서 유재석 씨가 강아지, 고양이의 역사와 반려인의 삶에 관한 질문들을 하고 있었습니다.

11

다른 사람도 아닌 국민 MC 유재석 씨에게 직접 이런 질문을 받을 줄이야. 학창 시절 즐겨 보던 TV 속 개그맨과 같은 방송에 출연한 상황이 비현실적으로 느껴졌습니다. 더구나 수의사로서 그의 앞에서 반려동물 이야기를 할 수 있다니요. 귀엽고 사랑스러운 반려동물의 이야기를 수십 명이 넘는 제작진과 카메라 앞에서 이야기하고, 그 이야기가 온 국민이 좋아하는 프로그램을 통해 방송되는 상황을 과거의 제가 과연 상상이나 했을까요? 이 글을 읽고 있는 청소년 여러분은 자신이 꿈꾼 미래가 현실이 된다면 믿을 수 있나요? 이제부터 저의 고등학교 시절 이야기를 들려 드릴까 합니다.

꿈꾸기를 좋아한 병약한 고등학생

고등학교 때 저는 병약한 학생이었습니다. 몸이 좋지 않아 조퇴를 정말 많이 했죠. 한 학기 중 절반 이상은 책상 앞에 앉아 있기조차 힘들어 조퇴서를 내고 병원에 갔습니다. 당시에는 건강하지 않은 제 자신이 매우 싫었습니다. 아프고 싶어 아픈 사람은 아무도 없을

테니까요. 몸이 지치면 마음도 지친다고 하죠. 학교를
나오는 길에 은행나무 사이로 운동장이 보이면 축구공을
차는 친구들, 땀에 젖은 머리카락을 흩날리며 농구공을
던지는 친구들이 그렇게 부러울 수가 없었습니다.
'내가 과연 대학에 갈 수 있을까? 아니, 고등학교나
무사히 졸업할 수 있을까?' 하는 생각이 교문을 나서는
순간까지도 제 머릿속을 맴돌았습니다.

　　병실에 혼자 누워 있는 시간이 많았지만 그래도
책 읽는 것을 꽤나 좋아했습니다. 역사책이나 생물과
물리의 원리 등을 소개한 과학 잡지는 자연스럽게 제
친구가 되어 주었습니다. 내가 원하는 것이 무엇인지,
나는 어떤 성향의 사람인지 고민하고 발견할 수 있는
시간이 되기도 했습니다. 골똘히 생각에 잠길 때면 미래를
어렴풋이 꿈꾸기보다 제가 마치 그 현실에 있는 것처럼
상상했습니다. 하루는 음악 방송의 PD가 되어 음향을
체크하고 아이돌의 무대를 조정하며 현장을 지휘하는
모습을 그리기도 했고, 어떤 날은 유명한 배우가 되어 팬
사인회를 하는 상황을 머릿속에 그려 보기도 했습니다.
단순히 뭐가 되고 싶다고 생각하는 것만으로는 손에
잡히지 않을 꿈을 꾸는 것 같아 되도록 자세하고 생생하게
제 모습을 상상했습니다. 현장의 공기까지도 생각할

정도였죠.

　물론 학교도 가지 못하고 병원에만 머물러 있는 스스로가 한심하게 느껴질 때도 있었습니다. 그때마다 물리치료 선생님은 제게 이런 말을 해주었습니다. "지금 이곳을 둘러보면 너보다 더 힘들고 아픈 사람들이 이렇게 많아. 넌 불행한 게 아니야. 얼마든지 나아질 수 있어. 일상으로 돌아갈 수 있는 상황에 감사함을 느끼면 좋겠어." 그 말에 저는 많은 힘을 얻었습니다. 학교로 돌아가서 무사히 학업을 마칠 수 있다면 아픈 사람을 치료하고 마음을 위로해 줄 수 있는 직업을 가져야겠다고 마음먹게 된 말이기도 했습니다. 그동안 상상했던 여러 가지 미래 중에서 생명을 치료하고 있는 제 모습을 점점 선명하게 그려 나가기 시작했습니다.

　고등학교 시절 저는 이렇게 꿈꾸기를 좋아했습니다. 어쩌면 그때부터 수의사가 된 제 모습을 자세히 그려 왔는지도 모릅니다. 물론 수많은 카메라 앞에 서서 온 국민이 지켜보는 방송에 전문가로 출연하는 모습까지도요.

동물병원 수의사의 일이란

"선생님 덕분이에요. 별거 아니지만 병원 식구들과 맛있게 드셨으면 좋겠어요." 이 말과 함께 직접 구운 쿠키를 정성스럽게 포장한 선물이 저에게 건네졌습니다. 박스 안 겹겹이 쌓여 있는 쿠키의 고소한 향이 진료실로 퍼졌죠. 췌장염 진단을 받고 입원했던 '포미'라는 이름의 고양이가 퇴원하는 날이었습니다. 보호자의 얼굴은 안도감과 함께 행복한 일상으로 다시 돌아갈 수 있다는 기대감으로 가득했습니다.

포미는 구토와 설사, 기력 저하로 병원에 온 세 살짜리 고양이였습니다. 보호자는 이유 없이 먹은 것을 다 토해 내고 힘없이 거실에 누워 있는 포미가 걱정되어 다급하게 동물병원을 찾았습니다. 사람과 다르게 반려동물은 어디가 어떻게 아픈지를 직접 이야기할 수가 없습니다. 치료를 해야 하는 수의사는 보호자의 말에 100퍼센트 의존할 수밖에 없죠. 언제부터 밥을 먹지 않았는지, 구토는 몇 번 했는지, 설사를 했다면 어떤 형태인지 등등 말입니다. 반려동물을 진찰하는 것은 말을 떼지 못한 어린아이를 진찰하는 것과 같습니다. 그래서 동물병원을 소아과에 비유하기도 합니다. 저는 보호자의 말을 토대로 포미에게

15

66

반려동물을 진찰하는 것은
말을 떼지 못한 어린아이를
진찰하는 것과 같습니다.
그래서 동물병원을 소아과에
비유하기도 합니다.

99

필요한 검사를 진행했습니다.

엑스레이 사진과 혈액 검사 결과를 통해 포미에게는 췌장염이라는 진단이 내려졌습니다. 증상의 이유를 알면 어떻게 치료하고 관리할지 빠르게 판단할 수 있습니다. 3~4일 동안 입원해 치료를 받은 포미는 건강을 되찾았습니다. 언제 아팠냐는 듯 보호자에게 애교를 부리며 자신의 몸을 그루밍했죠.

치킨을 먹으며 뼈를 공부했던 대학 생활

동물병원에서 일하는 수의사의 모습은 잘 알려져 있습니다. 그런데 수의과 대학에서 배우는 과목까지 아는 사람은 많지 않아요. 수의과 대학에서는 모든 종류의 동물을 배웁니다. 우리에게 친숙한 개, 고양이가 속한 소小동물부터 소, 돼지와 같은 대大동물 그리고 동물원에 있는 야생동물까지 말 그대로 전부입니다. 물속에 사는 수생동물에게는 어떤 질병이 있고 어떻게 치료해야 하는지 배우는 수업도 있어요.

여러 과목 중에서도 제가 가장 어려워했던 과목은

바로 해부학입니다. 각각의 뼈 이름을 외우는 수업이
특히나 곤욕이었죠. 뼈들이 하나같이 비슷한 영어
이름으로 되어 있어서 한 학기나 되는 수업 동안에도
외우기가 쉽지 않았습니다. 결국 일상에서도 공부하려는
노력이 빛을 발했습니다. 바로 치킨을 시켜 먹을
때였습니다. 남녀노소 누구나 좋아하는 치킨이 어떻게
공부에 도움이 되었냐고요? 닭의 뼈는 다른 동물의 뼈와
이름이 대부분 비슷합니다. 그 시절 친구들과 치킨을
먹으면 해부학 책을 펼쳐 놓고 서로 물어 가며 뼛조각을
공부하던 추억이 떠오릅니다. 하지만 뼈의 이름이
유사하다고 하더라도 개, 고양이, 소, 말 등 다양한 동물을
공부해야 하는 것에는 변함이 없습니다. 그러다 학교를
졸업하고 수의사 면허를 따고 난 뒤에 어떤 분야에서
일하느냐에 따라 전문적인 지식을 현장에서 더욱 깊게
배우게 되죠.

어린아이의 마음을 가진 반려동물

동물병원에 취업하게 된 저는 다시 처음부터
공부를 시작하는 마음이었습니다. 반려동물을 진료한다는

것은 생각보다 매우 어려운 일이었습니다. 개와 고양이를 편안하게 하는 것부터가 여간 쉽지 않았거든요.

반려동물을 치료하려면 신체 검사부터 채혈, 엑스레이 촬영, 초음파 검사 같은 여러 과정이 필요합니다. 사람이라면 대화를 통해 무슨 검사를 받는지 설명하고 협조를 요청할 수 있습니다. 하지만 반려동물은 이 모든 과정을 이해할 수 없습니다. 무서워했으면 했지 가만히 있는 경우가 거의 없죠. 그래서 항상 반려동물의 진료는 보조자와 같이 이루어집니다. 여기서 보조자의 역할이 중요합니다. 보조자가 반려동물을 최대한 편안하게 해줘야만 수의사가 진료를 잘 진행할 수 있기 때문이에요. 이것을 '보정'이라고 합니다. 보정에는 물리적인 보정만 있지 않습니다. 심리적인 보정이 필요할 때도 있어요. 상냥한 목소리로 반려동물의 이름을 불러 주며 가볍게 쓰다듬어 주는 것 또한 어린아이의 마음을 가진 반려동물을 안심시키는 방법입니다.

수의사로서 보정을 처음 시작했을 때는 물리적으로, 심리적으로 반려동물에게 안정감을 주는 것이 익숙지 않았습니다. 매일매일 반려동물이 불편해하지 않도록 많은 연습이 필요했습니다. 또한 보호자에게 정확하게 질문하는 문진 방법들을 어깨너머로 보고 들으며 배웠습니다.

동물병원의 환자는 반려동물이지만 반려동물에 대한 정보는 보호자에게 얻을 수 있기 때문입니다. 그렇기에 반려동물의 몸을 조심스럽게 만지며 진단하는 것부터 보호자와 소통하며 객관적인 정보를 얻는 것까지 능력을 향상시키기 위해 끊임없이 노력했습니다.

학교가 아닌 현장에서만 배울 수 있는 이러한 지식들은 저에게 큰 도움이 되었습니다. 동시에 동물의 마음을 좀 더 잘 알고 싶다는 생각이 늘 마음 한구석에 남아 있었죠. 결국 이러한 궁금증이 동물행동학이라는 학문으로 저를 이끌었을지도 모르겠네요.

몸짓만으로 마음을 들여다보는 동물행동학

처음 동물병원에서 진료를 시작한 2002년은 한창 월드컵 붐이 일던 시절이었습니다. 당시에 동물병원을 찾는 동물은 대부분 강아지였습니다. 고양이는 한 마리도 보기 어려운 때였어요. 반려동물도 유행이라는 것을 탄다는 것을 그때 알았습니다. 반려동물의 이름이나 품종을 보면 어떤 시대의 흐름이 녹아 있는지 보이기도

하거든요. 당시에는 유명한 축구인의 이름을 딴
반려동물이 많았습니다. 지단이나 딩크처럼요. 그리고
지금은 보기 어려운 코커스패니얼이나 슈나우저가 매우
많았습니다.

　　2010년 중반부터는 고양이를 데리고 동물병원을
찾는 보호자가 하나둘씩 늘어나기 시작했습니다. 모두가
그렇듯 저도 고양이가 지닌 귀여운 생김새와 새침한
성격이 신선하기도 했고 매력적으로 다가왔습니다. 하지만
제가 대학을 다닐 때만 해도 고양이에 관한 수업은 따로
존재하지 않았습니다. 고양이가 귀여운 것과는 별개로
치료를 해야 하는 입장에서 고민이 많은 것이 사실이었죠.

　　때마침 한국고양이수의사회라는 단체가
만들어졌습니다. 저처럼 고양이를 좀 더 알고 싶고,
치료에 도움이 될 수 있는 공부를 원하는 수의사들이
모인 단체였습니다. 협회 운영진으로 활동하며 외국의
저명한 수의사들을 한국에 초빙하거나 교수님들을 모시고
세미나를 열기도 했습니다. 혼자였다면 금방 지치고
말았겠지만 고양이에 대한 관심과 열정을 가진 수의사들과
함께하다 보니 자연스럽게 접점이 생겨났습니다. 이러한
활동이 오늘날 고양이 행동교정 전문 수의사가 되는
밑바탕이 되었습니다.

동물행동학을 처음 접하게 된 시점은
서울시수의사회로부터 일본으로 동물행동학 연수를
받으러 가면 어떻겠냐는 제안을 받았을 때입니다. 당시
한국에는 아직 동물행동학이라는 학문이 널리 알려지지
않았습니다. 저는 일본에서 퍼피 앤드 키튼 스쿨Puppy&Kitten
School 교육 과정과 함께 반려동물의 사회화, 문제 행동 등을
전문가로부터 교육받았습니다. 10년 넘게 운영된 일본의
퍼피 앤드 키튼 스쿨은 사람으로 치면 유치원과 같습니다.
어린 고양이들이 사람과 더불어 살아가는 방법을
배우는 곳이죠. 교육을 담당하던 수의사는 이를 '마음의
백신'이라고 이야기했습니다.

한국으로 돌아온 후에는 동료 수의사들에게 제가 배운
것을 다시 알려 주었습니다. 외국어로 된 동물행동학 책과
자료를 번역해 함께 나누어 주었죠. 사실 처음에는 치료만
잘하면 되는 것 아닌가 하는 생각에 회의감이 들기도
했습니다. 하지만 일본에서 공부한 경험과 수년간 책을
번역해 읽은 시간은 반려동물의 몸짓 언어를 이해하는
데 큰 도움이 되었습니다. 그리고 반려동물의 몸뿐
아니라 마음까지 돌보는 것이 동물행동학이라는 것을
깨달았습니다.

개와 고양이는 몸짓을 통해 사람과 소통하고

있습니다. 영어를 알면 외국인과 영어로 대화할 수 있듯이 개와 고양이의 몸짓 언어를 알면 그들이 어떠한 감정을 느끼고 무슨 이야기를 하는지 쉽게 알아차릴 수 있습니다. 강의를 나가면 반려인들에게 가장 먼저 알려 주는 것 또한 반려동물의 몸짓 언어입니다. 대표적인 예로 개와 고양이가 극심한 스트레스를 받을 때 보이는 3F라는 행동이 있습니다. 프리징^{Freezing, 얼어버림}, 플라이트^{Flight, 도망}, 파이트^{Fight, 싸움}에서 각각 첫 글자인 F를 따와 3F라고 합니다. 사람이 공포스러운 상황에 놓였을 때 몸이 굳거나 도망치거나 반격을 하는 것을 생각하면 됩니다.

또 다른 예시를 볼까요? 개나 고양이가 코를 핥는 것은 스트레스를 받거나 긴장을 했을 때 보이는 행동입니다. 개가 편안하고 반가운 상황에서 꼬리를 천천히 크게 흔든다면, 불안한 상황에서는 짧고 빠르게 흔듭니다. 고양이의 수염이 뒤를 향해 있는 것은 겁을 먹었다는 뜻입니다. 자신을 지키려고 하죠. 반대로 고양이 수염이 앞을 향해 있다면 주변에 관심 가는 대상이 있고 흥미를 느낀다는 뜻입니다. 동물행동학을 배운다는 것은 새로운 언어를 배우는 것과 같습니다.

어느 것이나 좋은 점과 힘든 점이 있기 마련입니다.

66

영어를 알면 외국인과
영어로 대화할 수 있듯이
개와 고양이의 몸짓 언어를 알면
그들이 어떠한 감정을 느끼고
무슨 이야기를 하는지 쉽게
알아차릴 수 있습니다.

99

동물행동학을 배우면 반려동물이 얼마나 스트레스를
받고 있는지 금방 알 수 있습니다. 힘든 점은 반려동물이
느끼는 감정이 고스란히 전해진다는 것입니다. 동시에
좋은 점은 이러한 감정들을 느낄 수 있기에 반려동물을 좀
더 편안하게 배려할 수 있다는 것입니다. 마치 통역사가
된 것처럼 보호자에게 반려동물의 감정과 생각을 알려
주고 그들을 이해하는 방법을 가르쳐 줄 수가 있죠. 동물의
마음을 들여다보는 동물행동학이라는 학문을 통해서
반려동물의 몸은 물론 마음까지 챙겨 줄 수 있습니다.
동물행동학은 수의사라는 제 직업을 더욱 풍성하고 의미
있게 만들어 주었습니다.

동물과 사람
모두 행복할 수 있도록

　　　　수의사는 생명을 존중하고 치료하는 직업적
의무를 가지고 있습니다. 하지만 동물은 아파도 아프다고
말할 수 없으니 이를 알아채고 동물병원에 데려오는
보호자의 역할이 매우 중요합니다. 보호자가 이런 역할을
잘하기 위해서는 교육이 꼭 필요합니다. 저는 20년이 넘는

시간 동안 동물병원에서 보호자 교육을 진행했습니다.
그리고 개인이 일대일로 교육을 하는 것에 많은 한계를
느꼈습니다. 동물행동학 연구회 활동과 반려동물 행사에
나가 강연을 하기도 했지만 아쉬운 마음은 여전히 남아
있었습니다.

어떻게 하면 더욱 많은 사람에게 효과적으로 고양이에
대해 알릴 수 있을까 고민했습니다. 때마침 EBS에서
〈고양이를 부탁해〉라는 프로그램을 시작하게 되었다며
출연을 제안했습니다. 방송 경험이 많지 않던 저는
시작도 전에 잘할 수 있을까 하는 걱정부터 들었습니다.
한편으로는 방송을 통해 사람들에게 그동안 전하고 싶었던
이야기를 할 수 있겠다는 생각에 설렜습니다. 방송의 힘은
놀라웠습니다. 고양이가 머무르는 환경에 대한 중요성은
물론, 개의 산책처럼 고양이도 하루에 15분씩 두 번은
놀이 시간이 필요하다는 것을 널리 알릴 수 있었으니까요.
동물병원에서 진료만 했다면 오랜 시간이 걸렸을 고양이에
대한 인식 변화가 미디어를 통해서 일어나는 것을 보며
방송의 영향력을 실감할 수 있었습니다.

고양이를 키우는 사람들에게 현실적인 도움을 줄
방법을 찾다가 발견한 플랫폼이 유튜브였습니다. 지금은
고양이를 다루는 교육 채널이 여럿이지만 제가 유튜브에서

〈냥신TV〉를 처음 시작한 2018년만 하더라도 고양이의
귀여운 모습만을 보여 주는 채널이 대부분이었습니다.
반려동물을 키우는 사람이 지식을 얻는 공간이 블로그에서
커뮤니티로, 그리고 영상 매체로 옮겨 가리라 예상한
저는 유튜브에 도전했습니다. 고양이의 건강부터 행동,
고양이가 편안함을 느끼는 환경에 관한 이야기를 유튜브에
올리자 반응은 매우 뜨거웠습니다. 영상을 캡처한
사진들이 커뮤니티와 SNS로 퍼지면서 유튜브를 보고
동물병원에 찾아와 질문하는 보호자도 많아졌습니다.
이러한 활동 덕분에 제가 생각했던 것보다 고양이를
바라보는 시선과 태도가 빠르게 변하고 있다는 것을
느낍니다. 반려동물을 바라보는 사람들의 시선과 태도가
바뀐다면 반려동물의 몸과 마음은 더 건강해지겠죠.

반려동물은 영어로 '컴패니언 애니멀Companion
Animal'이라고 합니다. 사람과 가족처럼 더불어 살아가는
동물을 뜻합니다. 반려동물이 우리처럼 말을 할 수 있다면
가장 듣고 싶은 말이 무엇이냐고 물었더니, 반려인들은
"나, 아파"라는 말을 첫째로 꼽았습니다. 이처럼 반려인과
반려동물의 중간에서 수의사의 역할은 치료를 하는 데
그치지 않습니다. 반려인과 반려동물 사이를 이어 주고
소통을 돕는 역할이 매우 크다고 할 수 있습니다. 이렇듯

수의사는 반려동물뿐 아니라 반려인의 행복까지 지킬 수 있습니다. 또한 동물행동학이라는 학문을 공부한다면 동물의 마음까지 어루만져 줄 수 있는 수의사로서 더욱 넓은 삶이 펼쳐질 것이라고 믿습니다. 반려동물과 반려인의 몸과 마음까지 건강하게 치료하는 수의사는 세상의 많은 직업 가운데서도 매력적입니다. 청소년 여러분도 어린 시절의 저처럼 미래를 자세히 그려 보고 하나씩 경험하며 수의사라는 직업에 도전해 보기를 기대하겠습니다.

게임기획자

최영근

20년 가까이 게임 회사에서 일한 게임 시나리오 기획자 겸 디렉터. 넷마블엔투, 크래프톤, 그라비티, 위메이드커넥트에서 일했다. 〈라그나로크〉 시리즈, 〈에브리타운〉 등 여러 게임을 개발했고, 현재는 앤더스인터랙티브에서 디자인 디렉터로 일하며 게임 만드는 직장인으로 열심히 살아가고 있다.

즐거울 때

유저들이 내가 만든 게임을
'찐'으로 즐길 때

힘들 때

얼마나 노력했는지와 상관없이
성과로만 평가받을 때

필요한 능력

기본에 충실한 국·영·수(정말로),
포용력과 소통 능력

♥

♥

♥

게임 좋아하세요? 저는 밥보다도 게임을
좋아한답니다. 크리스마스 선물로 8비트 게임기를 받았던
초등학교 시절부터 40대가 된 지금껏도요. 어릴 때부터
게임이 인생에서 큰 부분을 차지하다 보니 게임을 만드는
것이 직업이 되었고, 어찌저찌 지금껏 해오고 있네요.
좋아하던 취미가 '일'이 된 거죠. 그래서 이런 이야기를
종종 들어요.

"좋아하는 일을 하면서 돈까지 벌다니 정말
멋지네요!"

20여 년 전 게임 업계에 갓 들어온 때였다면 주저 없이
"맞아요! 정말 멋져요!"라고 답할 거예요. 하지만 많은
경력을 쌓고 닳을 대로 닳은(?) 지금은 굉장히 복잡한
기분이 든답니다.

물론, "좋아하지 않는 일을 하며 먹고사는 것보다는 훨씬 좋지 않나요?"라고 묻는다면 대답은 '예스'가 맞아요. 무언가를 창조하는 일은 긍정적인 에너지를 주거든요. 하지만 이제는 알아 버린 거죠. 빛이 있으면 그림자도 있다는 걸요. "좋아하는 일이 직업이 된다는 건 정말 멋진 일이에요!"라고 단적으로 말하기에는 짙은 그림자도 존재한답니다.

게임 '회사'에서 일한다는 것

게임 만드는 직업을 꿈꾸는, 그래서 게임 회사 입사를 목표로 하는 많은 사람이 놓치는 게 있어요. 바로 게임 회사란 단어에서 '게임'에만 주목한다는 거예요. 엄연히 '회사'도 있는데 말이죠.

회사라고 하면 뭐가 떠오르나요? 팀장과 팀원, 상사와 함께 먹는 점심 짜장면, 상사의 썰렁 개그, 월요병, 술자리 회식, 사내 정치와 대립, 인맥 같은 것들이 있을 텐데요. 여러분이 상상한 것과 비슷한가요? 게임 회사도 회사라서 이런 부분이 있습니다. 드라마나 영화에 나오는 모습보다는 훨씬 '순한 맛'이지만요.
그저 창의력만 발휘하면 되는 꿈같은 공간은 아니라는
얘기예요. 직장인의 조직 생활이란 것이 엄연히 있다는
거죠.

회식이나 인간관계 같은 회사 생활 외에 업무와
관련한 문제도 있어요. 개발해서 만든 결과물(게임)로
성과를 올려야 하고, 나의 열정과 재능과는 상관없이
성과로 평가가 내려지죠. 그러니 아무리 게임을 좋아하고
게임 개발을 즐긴다 하더라도 그에 포함된 모든 일이
행복하진 않아요. 어떨 때는 견디기 어려울 만큼
고달프답니다.

하지만 그저 게임이 좋아서, 게임을 만들고 싶어서
모인 동료들과 함께 무에서 유를 창조해 빚어 가는 작업은
분명 매력적이에요. 갖은 고생을 거쳐 세상에 나온 게임이
빛을 발하면 그만큼 보람된 순간이 없죠.

내가 만든 게임이 게임 업계에서 흔히 말하는 확률인
6퍼센트의 가능성을 뚫고 히트작이 되었을 때의 희열은
말로 다 표현할 수 없어요. 올라가는 매출 그래프의 곡선과
게임 유저(이용자)들의 긍정적인 반응, 주변의 칭찬, 높은
평점의 평론을 확인하고 있으면 세상을 다 가진 기분이
들죠.

제가 여러분에게 할 이야기는 바로 이런 것들이에요. 뱉기에는 달지만 그렇다고 삼키기에는 쓴, 달콤 씁쌀한 게임기획자로서의 삶 말이죠.

게임 업계의
과거와 현재

게임 회사의 개발 부서는 대체로 세 팀으로 구성됩니다. 업무에 따라 기획Game Design, 아트Game Graphic, 테크Programming 팀으로 나뉘죠. 기획팀은 게임의 방향성을 제시하며, 아트팀과 테크팀이 이어서 일할 수 있도록 각종 문서 작성을 하고 커뮤니케이션을 담당합니다. 아트팀은 게임 속 모든 그래픽 작업을 책임지고, 테크팀은 게임 세계가 실제로 돌아가도록(유저가 플레이할 수 있도록) 코딩을 합니다. 하는 일은 다르지만 공통점이 있다면 대부분 지독할 정도로 게임을 좋아하는 사람들이라는 거예요.

저는 게임기획자, 정확히 말하면 게임 시나리오 기획자로 커리어를 시작했어요. 입사한 계기는 좀 특이해요. 대학교 3학년 때까지는 제가 게임 개발을 할

거라곤 상상도 못 했어요. 국어국문과를 다니고 있었고
프로그래밍이나 3D 아트는 기초 개념조차 몰랐거든요.
게임은 그저 평생의 취미로 생각하며 전공을 살린 진로를
찾고 있었죠.

어느 날 게임 회사에서 일하던 친구가 제게 "우리
회사에서 게임 좋아하고 글 잘 쓰는 사람 구하는데
지원해 봐. 너 게임 엄청 좋아하고 순서도 정도는 그릴 줄
알잖아?"라고 하더군요. 그때 반신반의하면서 계약직으로
들어간 게임 회사는 저와 정말 잘 맞았어요. 그렇게 경력을
시작해서 지금까지 게임기획자 겸 디렉터로 일하고
있답니다.

다만 제 경우는 20여 년 전 한국의 모든 게임 회사가
채용을 주먹구구식으로 했었기에 가능했던 거랍니다.
지금은 상상하기 어렵지만, 그때의 한국 게임 업계는
정말 미성숙하고 어두웠어요. 게임에 대한 사회적
인식이 낮다 보니 게임 개발자를 보는 시선도 곱지
않았고, 인재를 구하기도 어려웠죠. 물론 노동 환경도
최악에 가까웠어요. 야근은 일상이고 주말 출근은
예사였으며 급여도 박봉이었으니까요. 그래서 '게임을
좋아하고 게임을 만들고 싶어 한다'라고 하면 최소한의
스펙으로도 입사할 수 있었습니다. 엔씨소프트, 넥슨,

크래프톤, 스마일게이트, 위메이드, 네오위즈 같은 중견
게임 기업이 여럿 자리해 있고, 공채 입사 경쟁률이 몇
십 대 1, 심할 때는 몇 백 대 1을 자랑하는 지금과는 다른
이야기죠?

입사가 쉬웠던 만큼 단점도 분명했어요. 자기계발을
게을리하고 직장 생활을 나태하게 하면, 발전 속도가
엄청나게 빠른 IT와 게임 산업의 흐름을 따라가지 못해
도태되거나 낙오되는 일이 비일비재했거든요. 지금과는
달리 회사가 직원이 단계적으로 성장하도록 지원하지 않다
보니, 스스로 노력하지 않으면 어느 순간 다른 이들에게서
멀찍이 뒤처진 자신을 발견할 수 있었죠. 실제로 저와
비슷한 시기에 게임 회사에 들어온 많은 지인들이 업계를
떠났어요.

지금은 그 시절과는 많이 달라요. 게임 산업이 커지고
대중적으로 인기를 얻으면서 게임 개발이 체계적인
프로세스에 따라 이루어집니다. 고용 안정성도 높아졌죠.
취업의 문이 좁아진 대신 그만큼 안정적으로 성장하고
근무할 수 있게 된 셈이에요.

과거에는 학생들이 "게임 개발자가 되고 싶은데
뭘 하면 좋을까요?"라고 질문하면 저를 포함한 많은
현업인이 "꿈을 먹고 사는 직업입니다. 힘들고 미래가

없으니 다른 직업을 고르세요"라고 조언하곤 했는데요.
이제는 "게임 개발자도 기초가 중요합니다. 기획, 아트,
테크 중에서 자신이 잘할 수 있는 분야를 찾아 대학의
전공을 선택하세요"와 같은 구체적인 조언을 하게
되었답니다. 무척 감격스러운 일이에요.

즐기는 것과
만드는 것의 차이

저는 굉장히 하드hard하고 코어core한 게이머예요.
다시 말해 누구나 아는 간단한 게임은 물론이고
어렵고 복잡하며 마니아만 알 법한 게임까지도 열심히
플레이한답니다. 하지만 그런 저에게도 취향은 있어요.
액션 게임과 공포 게임을 정말 못하고 싫어해요. 지인들이
저에게 액션 게임을 같이 하자고 권했다가 고개를 내저은
적이 한두 번이 아니에요.

하지만 화제가 되는 게임이라면 엉망으로 할지언정
장르와 상관없이 직접 해보려고 합니다. 게임 개발을
업으로 삼고 있기 때문이에요. 물론 게임을 하면서는
무척 괴로워요. 그래도 그 게임이 왜 이목을 끄는지

40

분석하고 트렌드를 파악하기 위해 공부 삼아 한답니다. IT 업계의 트렌드는 정말 눈 깜짝할 사이에 바뀌어서 내가 싫다고 외면하다가는 순식간에 뒤처지기 때문이에요.

이렇듯 좋아하는 일이 직업이 되면 낭만적이기만 할 것 같지만 힘든 점이 무척 많아요. 내가 개발하는 게임이 다른 게임에 비해 보잘것없어 보일 때 생겨나는 시기심이나 열등감 같은 부정적인 감정도 버텨 내야 합니다. 기다리던 대작 게임이 나와도 순수하게 즐기지 못하죠. 어떤 부분이 잘 만들어졌고, 어떤 부분을 참고해 공부할 수 있을지 따져 보게 되니까요. 취미가 더는 취미가 아니게 되는 거예요.

많은 사람이 착각하는 것이 있어요. 게임을 좋아하니까 만드는 것도 좋아하게 될 거라고 생각하는 겁니다. 이렇게 생각해 보면 어떨까요. 차를 운전하는 것과 만드는 것은 완전히 다르잖아요. 운전하는 걸 좋아한다고 해서 차를 잘 만들 수 있을까요? 게임 개발도 마찬가지랍니다.

'드래곤이 요동치자 동굴이 무너지고, 주인공이 그 안에 갇힌다'라는 장면이 있다고 할 때, 소설이나 만화에서는 이것을 글과 그림으로 묘사하면 끝이겠죠(이 작업을 폄하하는

차를 운전하는 것과 만드는 것은
완전히 다르잖아요. 운전하는 걸
좋아한다고 해서 차를 잘 만들
수 있을까요?
게임 개발도 마찬가지랍니다.

게 아니라, 결과를 위해 거치는 과정이 적다는 의미입니다). 하지만
게임 개발은 더욱 복잡한 작업을 거쳐야 해요. 동굴이
무너지는 연출이 실시간인지 실시간이 아닌지, 그에 따른
서버 프로그래밍과 클라이언트 프로그래밍 작업은 어떤
것들이 필요한지, 캐릭터와 배경의 3D 애니메이션 작업은
어떻게 진행할지, 연출 카메라는 어떻게 작동할지 같은
것들을 많은 사람이 함께 협의해 작업해야 합니다.

　　이제 게임을 좋아하는 것과 만든 것의 차이를
알겠나요? 게임 개발이란 차를 운전하는 것과 제작하는
것이 다른 만큼 복잡하며 스트레스받는 일이랍니다.
그러니 '게임 만드는 일을 하고 싶어!'란 생각이 들었다면,
냉정하게 자기 자신을 돌아봐야 해요. 정말 게임을 만들고
싶은지, 그게 아니면 취미를 너무 좋아한 나머지 만들 수
있다고 착각하는 건 아닌지 말이에요. 게임은 낭만만으로
만들 수 없거든요.

　　엄밀히 말해서 게임은 '상품'이에요. 대중에게 팔리는
만큼 그 가치가 입증되고, 그러면서 많은 사랑을 얻는
것이니까요. 우리는 자본주의 사회에서 살고 있잖아요.
게임 회사 역시 이윤을 내야 하는 집단이에요. 회사가 돈을
벌어야 월급도 나옵니다. 그 이윤은 또 어디서 나올까요?
상품, 다시 말해 게임을 팔아야 생겨나죠. 그렇기에 게임을

만들 때 재미와 즐거움은 가장 중요하게 고려할 가치가 맞지만, 그렇다고 상업성을 무시할 수는 없습니다. 게임을 예술이라고 말할 때 꼭 '대중 예술'이라고 하는 이유예요. 게임을 취미로만 즐길 때는 생각하지 않아도 되지만, 게임을 직접 만들면 상업성을 빼놓고 생각할 수 없기 때문에 느끼는 괴리감도 상당하답니다.

어디에서도 느낄 수 없는 기쁨

게임을 취미와 별개로 놓고도 게임 개발을 하고 싶다는 마음이 든다면, 이 직업은 분명 즐겁고 보람된 일입니다. 동료들과 함께 상상해 설계한 가상의 세계가 살아 숨 쉬면서 움직이는 것을 볼 때의 기쁨, 그 속에서 즐겁게 플레이하는 게이머들을 볼 때의 흐뭇함은 세상 어디에서도 느낄 수 없는 유일무이한 감정이에요.

주니어 사원 시절, 몸담고 있던 프로젝트의 음악을 세계 최고의 음악가가 맡았어요. 음악이 나오기까지 과정은 쉽지 않았습니다. 음악가님이 작곡을 위해

영감받을 만한 자료를 요청했는데, 그때 프로젝트의
개발이 더딘 상황이었어요. 준비된 자료가 없었죠.
그러자 당시 디렉터님이 저에게 게임 속 세상과 세계관을
표현하는 글을 써달라고 했어요. 저는 짧은 시간에 정말
많은 글을 작업해 냈습니다. 다행히 음악가님이 제
작업물을 무척 마음에 들어 했고, 곧바로 유럽으로 날아가
세계적인 오케스트라와 함께 음악을 녹음했습니다.
믹싱이 아직 끝나지 않은 음악의 중간 버전 파일을
받아서 처음 들었을 때의 감동은 15년이 훌쩍 넘은 지금도
생생하답니다.

　　　이런 경험도 있어요. 크게 성공한 게임의 디렉터를
맡았을 때의 일이었습니다. 게임 유저들의 사랑에
보답하기 위해 게임 속 예쁜 그래픽들을 따로 편집해서
아트북으로 제작했어요. 판매하려고 만든 것이 아니라
수량은 정해져 있었어요. 게임에서 진행하는 이벤트로
증정하기로 했죠. 그런데 놀라운 일이 벌어졌어요.
아트북을 얻기 위해 어마어마한 경쟁이 붙었고, 심지어
중고 마켓에서 높은 가격에 사겠다는 사람이 수도 없이
나타난 거예요. 저의 SNS로 구매 의향을 밝힌 유저도
있었습니다. 개발 마감을 앞두고 며칠을 정신없이 보낸
때였는데, 몸은 피곤해도 마음은 즐겁고 보람찼던

66

가상의 세계가 살아 숨 쉬면서
움직이는 것을 볼 때의 기쁨,
세상 어디에서도 느낄 수 없는
유일무이한 감정이에요.

99

기억으로 남았어요.

성공해도 실패해도
아픔은 있다

게임은 상품이라고 말했습니다. 그러니까 편의점이나 마트에서 파는 수많은 상품처럼 게임도 수많은 지표를 관리해야 해요. 매출은 물론이고 순이익, 기간별 이용자 접속과 이탈 수, 무료 이용자와 유료 이용자 간의 비율, 마케팅 비용 대비 유입된 신규 이용자 같은 듣는 것만으로 골치가 아픈 지표들이 게임 뒤에 존재한답니다.

저의 커리어에서 가장 성공한 한 게임은 디렉터로 있으면서 약 7년을 서비스했습니다. 그 기간 동안 많은 기쁨과 영광을 누렸죠. 하지만 아픔도 함께했습니다. 하루도 빠짐없이 지표를 들여다보면서 7년을 살다 보니 몸과 마음, 그중에서도 특히 마음이 버티질 못했어요. 번아웃증후군과 공황장애를 포함한 여러 정신 질환이 한꺼번에 찾아왔고, 결국 오랫동안 정신건강의학과를 다녀야 했답니다. 마치 좋아하는 게임을 신나게 하다가 나도 모르게 밤을 새고 나면 컨디션이 엉망이 되는 것과 같았어요. 내가 개발한 게임이 인기를 얻고 성공적으로 서비스를 이어 가니 몸과 마음이 계속 신호를 보내왔음에도 눈치채질 못한 거죠.

내적인 아픔뿐 아니라 외적인 아픔도 있어요. 20년 가까이 게임을 개발하다 보니, 성공한 게임도 있지만 실패한 게임도 있습니다. 그중에는 제가 실무자나 중간 디렉터가 아닌, 'PD'라고 부르는 리드 디렉터를 맡았던 프로젝트들도 있었죠. 그때 함께 일한 동료들 중 여럿이 저에게서 멀어져 갔습니다. 저의 부족함 때문이라는 걸 머리로는 알지만, 함께 울고 웃으며 게임을 만들던 동료와 하루아침에 어색해지는 것은 여전히 힘들어요.

게임을 만들다가
어색해지는 순간들

한국의 게임 업계는 어엿한 메이저 산업으로 성장했어요. 그런 만큼 예전에 비해 근무시간도 잘 지켜지고, 정해진 근무시간에서 좋은 결과물을 만들기 위해 일정 관리도 전문화되고 있으며, 분업도 세밀하게

이루어지고 있습니다. 그러다 보니 옛날과는 완전히
달라진 문화가 많답니다.

예를 들면 '마일스톤 마감'이 있어요.
마일스톤^{milestone}이란 '업무 달성 목표'라고도 부르는,
보통 3개월 단위로 진행되는 일정을 뜻합니다. 예전에는
마일스톤 마감이 다가오면 밤을 새고 주말 출근을 하는
것이 흔했어요. 하지만 이제는 야근도 못 하게 막을 정도로
워라밸(일과 삶의 균형)을 존중해 주죠. 그래서 저와 같은
시니어 세대는 예전처럼 잦은 밤샘 작업과 주말 출근 없이
마일스톤을 마무리할 때마다 여전히 '이래도 되는 건가?'
하는 생각을 한답니다.

그 밖에는 세대 차이도 많이 느껴요. 세대 갈등은
기원전 1700년경 수메르 점토판에 "요즘 젊은 것들은
버릇이 없다"라고 쓰여 있을 정도로 인류 보편적인
생각이지만요. 다행히 그런 건 아니고 게임에 관한
이야기예요. 자동차를 만들면서 다른 자동차들을
참고하듯이 게임도 다른 게임들을 참고 자료로 많이
삼아요. 이 과정에서 세대 차이를 많이 발견합니다.

상황을 예로 들어 볼게요. 지금 만드는 게임에
들어가는 새로운 시스템의 콘셉트를 설명하는 회의에서
저와 같은 시니어 세대가 "쉽게 설명하면 ○○○게임의

××시스템과 비슷한 개념이에요"라고 설명할 때, 비교적 최근에 입사한 젊은 세대의 사람일수록 어색한 표정을 짓습니다. 그도 그럴 것이 ○○○게임이 나왔을 때 그들은 유치원에 다니고 있었거든요. 늘 주의하려고 하지만 쉽지 않네요.

그래도 나는 여전히 게임을 만든다

이러니저러니 해도 여전히 게임 개발은 저에게 매력적인 일이에요. 이것 말고 다른 직업을 택한 저의 모습을 상상하기 힘들 정도로 말이죠. 매일같이 일정과 싸우고, 팀원들의 불만과 고충을 끌어안고, 상사를 설득하느라 애를 먹고, 스트레스로 가득 찬 매일을 보내더라도 하루하루 완성되어 가는 게임의 모습을 보는 즐거움은 그 모든 어려움을 잊게 합니다.

자, 그럼 이제 맨 처음의 질문으로 다시 돌아가 볼게요. 게임 좋아하세요? 저는 밥보다도 게임을 좋아한답니다. 앗, 게임을 직접 만들고 싶을 정도로 좋아한다고요? 그렇다면 그 마음을 소중히 간직하세요. 좋아하는 일을 직업으로 삼으려면 그 마음 없이는 몹시 힘드니까요. 하지만 그렇게 힘든 만큼 기쁨과 보람도 굉장하답니다.

게임 개발을 향한 열정과 패기로 가득한 여러분을 현업에서 만나길 기대할게요. 파이팅!

힘들지만

벅차오르는

탄생의 순간

산부인과 의사

오수영

성균관대 의대 삼성서울병원 산부인과 교수.
tvN 드라마 〈슬기로운 의사생활〉 주인공들의 실제 롤모델이다. 고
위험 산모를 주로 진료하며, 의사이자 의과대학 교수로서 교육과 연
구에도 열의를 다하고 있다. 오늘도 나를 믿어 주는 환자와 보호자가
VIP라고 생각하는 마음으로 생명의 탄생과 함께하고 있다.

즐거울 때

아기가 건강하게 태어나는
모든 순간

힘들 때

새벽에 꿀잠 자다가도 응급 수술을
하러 병원에 가야 할 때

필요한 능력

성실한 학업 자세,
인류애와 공감 능력

산부인과라고 하면 흔히 임산부를 떠올립니다. 하지만 사실 산부인과는 임신과 출산만을 위한 곳이 아니에요. '산부인과'가 '산과'와 '부인과'를 합친 말이라는 것에서도 알 수 있죠. 산과는 산모와 태아의 건강을 다루고, 부인과는 여성 건강의 전반을 다룹니다. 다시 말해 산부인과는 여성의 몸과 관련한 모든 것을 다루는 의학 분야로 볼 수 있어요. 저는 산과가 전공이고, 그중에서도 고위험 산모를 주로 진료하고 있답니다.

산과는 응급이 많다는 특징이 있습니다. 문제는 응급 수술은 근무시간이 아닌 새벽 3시에도 생길 수 있다는 거예요. 모든 아기가 주말 아닌 평일에, 근무시간에 맞춰 태어날 리 없으니 당연합니다. 아기들은 지금이 휴일인지 새벽인지 알 수 없으니까요.

제왕절개수술은 절반 정도가 응급 수술이고, 산모나 태아의 상태가 갑자기 안 좋아져서 퇴근했다가 다시 병원에 가는 일도 생깁니다. 언제 어디서 병원의 콜call을 받을지 모르는 거예요. 그래서 저는 늘 핸드폰을 머리맡에 두고 잔답니다. 제가 콜을 받지 않는 경우는 드물어요. 산부인과 전공의 시험문제 출제위원이 되어 보안상의 이유로 핸드폰을 제출하거나 해외 학회에 갈 때 정도입니다.

이것이 젊은 의사들이 산과를 기피하는 가장 큰 이유예요. 고위험 산모를 진료하는 대학병원의 산과 교수가 되기를 꺼리는 이유이기도 합니다. 제가 가르쳤던 산부인과 전공의와 산과 전임의 들이 수련을 마치면서 "교수님처럼은 못 살 것 같아요"라는 말을 많이 했더랬죠.

그만두지 않아 다행이다

산부인과 의사로 살아가기란 쉽지 않아요. 저 또한 그만두고 싶을 정도로 힘들었던 순간이 있습니다. 전문의가 되고 얼마 되지 않았을 때, 제가 담당하던 산모의 아기 상태가 예고 없이 나빠진 일이 있었어요.

의사로서 할 수 있는 일이 없는 상황이었죠. 하지만 보호자는 저를 원망했습니다. 그때 마음이 많이 힘들었어요. 일을 그만두고 싶다는 생각을 할 정도로요. 하지만 이런 일은 환자를 돌보는 의사에게는 숙명과 같아요. 산부인과뿐만 아니라 외과, 흉부외과와 같이 직접 생명을 다루는 바이탈vital과 의사라면 겪을 수밖에 없는 일입니다.

그때를 돌아보면 어떻게 버텼는지 잘 기억나지 않아요. 본능적으로 버텨 냈다고 할까요. 지금은 그만두지 않은 것이 정말 다행이라고 생각합니다. 그날 이후 20년 넘게 고위험 산모들을 진료하면서 많은 생명을 살렸으니까요. 이 일을 하지 않았다면 하나의 생명이 이토록 소중한 것인지 알 수 있었을까요? 임신 10주밖에 되지 않은 태아도, 다운증후군 아기도 똑같은 생명이란 사실을요.

tvN 드라마 〈슬기로운 의사생활〉을 보면 산부인과 교수인 양석형이 퇴근했다가 병원에 급하게 돌아와서 응급 수술을 하는 장면이 나옵니다. 수술을 마친 양석형 교수는 힘들어하면서도 가슴이 벅차오름을 느끼죠. '한 아기를 살렸구나' 하면서요. 그가 느낀 감정을 저도 느낀답니다. 생명이 탄생하는 순간의 긴박함과 뿌듯함, 그리고 때로는 슬픔과 후회가 지금 이 글을 쓰는 순간에도 가슴 깊은

66

이 일을 하지 않았다면 하나의
생명이 이토록 소중한 것인지
알 수 있었을까요?
임신 10주밖에 되지 않은
태아도, 다운증후군 아기도
똑같은 생명이란 사실을요.

99

곳에서 차올라요.

산과는 응급이 많은 만큼 체력적으로도 힘이 들어요. 소설가 레프 톨스토이가 이런 말을 했습니다. "하루의 힘든 일을 마치고 쉬는 것은 세상에서 가장 크고 순수한 기쁨이다." 그래서 저는 이 말에서 많은 위로를 받고 있답니다.

드라마가 된
비인기과 의사의 기쁨과 슬픔

오랜 친구이자 동료가 있어요. 같은 의대에서 공부하고 지금은 같은 병원에서 일하는 흉부외과 양지혁 교수입니다. 양 교수가 어느 날 의학 드라마를 기획하는 제작진을 소개해 주었어요. 드라마는 비인기과의 40대 교수들을 주인공으로 한다고 했죠. 바로 〈슬기로운 의사생활〉이었어요.

'비인기과'는 말 그대로 의사들에게 인기가 없는 과를 말합니다. 흉부외과, 산부인과, 신경외과처럼 고생하는 것에 비해 처우가 좋지 않는 과들을 흔히 비인기과라고 하죠. 저는 바쁘고 고되지만 생명과 직접 연관되는

외과들이 인기가 많아졌으면 하는 바람에서 드라마 자문을
결심했어요.

　진료하며 있었던 일화, 의사들의 일상생활 등 많은
이야기를 들려 드렸죠. 드라마 작가님들은 대학병원
교수의 삶을 이해하기 위해 저와 같이 하루를 보내기도
했습니다. 산부인과에서 일어나는 여러 의학적 상황,
의사로서의 기쁨과 슬픔을 온전히 전달하기 위해 제가
그동안 페이스북에 틈틈이 기록한 글도 전달했어요.
페이스북에 쓴 이야기들은《태어나줘서 고마워》라는
책으로 묶어 내기도 했습니다.

　의학이 발달한 요즘에는 아기가 태어나는 일이
별일 아닌 것으로 보일 수 있어요. 하지만 산부인과의
눈으로 보면 다릅니다. 임신부터 출산에 이르기까지 많은
우여곡절이 있으니까요. 당연하지도 쉽지도 않죠. 저는
산모들에게 "원래 임신과 출산은 불공평한 겁니다"라는
말을 하곤 해요. 그만큼 예상하지 못한 일들이 누구에게나
벌어지기 때문이에요.

　분만하는 중간에 태아의 심장박동수가 급격히
떨어지면서 위급 상황이 되는 일이 종종 생깁니다. 아직
경험이 부족한 의사에게는 두려운 상황이죠. 실제로
한 분만에서 아기의 심박동이 무섭게 떨어진 일이

있었는데요. 그때 평소 말수가 적고 내성적인 산부인과 전공의 1년차 선생이 겁을 먹어 '얼음'이 되었어요. 태어난 아이가 바로 울지 않고 퍼렇게 질려 있었거든요. 몇 분이 지나고 아기가 겨우 울음을 터트리자 1년차 선생이 많이 울었습니다. 그래서 제가 "왜 울어?"라고 물어봤어요. 이 이야기는 〈슬기로운 의사생활〉 시즌2 11회에서 다루어졌죠.

시즌2 2회에는 이른 임신 주수에 양수가 터져 입원한 산모가 나와요. 한 산부인과 교수는 산모에게 아기를 포기하는 것이 좋겠다고 말합니다. 양수가 이렇게 빨리 터지면 태아의 폐가 충분히 성숙되지 않아서 태어나도 얼마 못 버티는 경우가 많기 때문이에요. 하지만 양석형 교수는 산모에게 아기의 생존율은 낮지만 그래도 임신을 끌어 보자고 합니다. 안타깝게도 아기는 결국 태어나자마자 하늘나라로 갔지만요. 드라마 작가님은 이런 상황에서 의사로서 산모에게 어떤 위로의 말을 건네냐고 물었어요. 저는 산과 교과서 첫 장에 나오는 "때때로 불행한 일이 좋은 사람에게 생길 수 있다"라는 말을 자주 한다고 했습니다. 이 말은 그대로 드라마 속 양석형 교수가 아이를 잃은 산모에게 남긴 위로의 말로 전해졌어요.

두 생명을 함께 다루는 일

산과에서 보면 태아도 한 명의 환자예요. 산부인과 의사는 산모와 태아, 두 생명을 동시에 돌봐야 하니 더 힘들기도 하죠.

앞서 드라마에서처럼 임신 23주에 크기가 20주 정도로 심하게 작은 태아가 있었어요. 산모의 양수가 거의 남지 않아 다른 병원에서는 아기가 살 가능성이 없다는 이야기를 들었다고 했죠. 하지만 아기의 심장이 아직 뛰고 있었습니다. 저는 산모에게 "매우 어려운 상황이 맞아요. 하지만 포기할 때는 아닙니다"라고 말해 주었어요.

치료를 시작하자 다행히 태아의 반응이 좋았습니다. 태아는 조금씩 성장했고, 산모의 양수도 다시 늘어나서 아기는 37주에 1.7킬로그램으로 태어났답니다. 희망이 없다고 본 아기가 건강하게 태어나도록 도울 수 있다는 건 정말 기쁘고 감사한 일이에요.

최근에는 안타깝고 슬픈 일이 있었습니다. 마찬가지로 태아가 심하게 작았어요. 힘들게 시간을 끌어서 30주 가까이 되었는데도 여전히 너무 작았어요. 400그램이 겨우 될까 했죠. 400그램은 21주 태아의 평균 체중이거든요. 사실 아기가 태어날 때의 체중보다 몇 주차에

66

산과에서 보면
태아도 한 명의 환자예요.
산부인과 의사는 산모와 태아,
두 생명을 동시에 돌봐야 하니
더 힘들기도 하죠.

99

태어나는지가 더 중요합니다. 체중이 적게 나가도 폐 같은
장기는 성숙하기 때문이에요.

아기는 결국 힘겹게 세상에 나왔어요. 그리고
태어나고 3일째부터 튜브를 통해 우유를 1cc 먹었습니다.
새 모이만큼 적은 양이었지만 아기에게는 정말 중요했죠.
태어난 아기는 제 손을 떠나 소아청소년과에서 맡게
되는데, 저는 병원 컴퓨터로 아기의 차트를 보면서 계속
상태를 확인했습니다. 하루는 기도하는 마음으로 아기의
차트를 열었어요. 생후 5일째에 2cc를 먹었다는 기록을
보고 얼마나 기쁘던지요. '그래, 우리는 기적을 이룬
거야'라는 생각이 들었습니다.

그러나 아기는 그다음 날 갑작스럽게 세상을
떠났어요. 이런 일은 고위험 산모와 태아를 매일 보는
저에게도 충격으로 다가옵니다. 그럼 보호자는 얼마나
가슴이 미어질까요. 신생아 중환자실 앞에서 오열하는
산모를 꼭 안아 주었어요. 산모의 북받치는 울음이 저의
가슴에 고스란히 전달된 기억이 아직도 선명합니다.

FAOPS 2016

Soo-Young Oh

오수영 선생님께
제가 태어날수있게
도움주셔서 감사합니다.
건강하고 씩씩하게
잘 자랄께요.
감사합니다.

가르치고 연구하는 날들

의사라고 하면 환자를 진료하는 모습만을
떠올리기 쉬운데요. 실제로 하는 일에서 진료는 3분의
1 정도를 차지한답니다. 산부인과 교수는 진료뿐만
아니라 산부인과학을 교육하고 연구하는 사람이에요.
교육의 대상은 의과 대학생들이죠. 질환의 원인과 위험
인자, 치료와 예방 같은 산부인과에 관한 최신 지식을
가르칩니다. 사실 임신과 출산 과정에서 여러 질병이
동반되는 일이 꽤 잦아요. 이를 '산과적 합병증'이라고
하는데, 산과적 합병증을 잘 관리하고 치료하게끔
산부인과 의사를 교육하는 것이 저의 업이랍니다.

의대 교수를 생각했을 때 가장 생소한 모습은 아마도
의학 연구가 아닐까 싶습니다. 〈슬기로운 의사생활〉을
보면 간담췌외과 교수 이익준이 신경외과 교수
채송화의 교수실 문을 열면서 왜 집에 가지 않느냐고
물어보는 장면이 나옵니다. 그때 채송화 교수가 "나
보산진(보건산업진흥원의 약자) 보고서 써야 돼"라고
하는데요. 이 장면은 제가 드라마 자문을 할 때 의대
교수로서 연구에 관해 설명한 내용이 반영된 것입니다.

드라마 이야기를 좀 더 하면, 채송화 교수가 전공의

선생의 논문을 지도하는 장면이 있어요. 의대 교수는
의과 대학생뿐만 아니라 전공의, 다시 말해 레지던트도
가르쳐야 하거든요. 레지던트는 의대를 마친 후 의사
면허를 취득하고, 인턴을 수료한 다음 선택한 전공 분야의
전문의가 되기 위해 수련받는 의사입니다. 예를 들면
드라마 속 추민하 선생은 산부인과 전공의죠.

전문의가 되기 위해 전공의는 교수의 지도를 받으며
논문을 쓴답니다. 드라마를 본 우리 전공의 선생들이
채송화 교수가 전공의 선생을 옆에 앉혀 놓고 논문의
내용을 일일이 짚어 가며 수정해 주는 모습이 저와
똑같아서 놀랐다고 하더라고요.

의대 교수에게 연구는 중요합니다. 교수에게 연구
업적은 성적표처럼 느껴지기도 하거든요. 연구 이야기를
길게 하니 주 업적을 산과학에서 쌓았다고 오해할 수
있는데 실제로 그렇지는 않습니다. 윤동주 시인의 "하늘을
우러러 한 점 부끄럼 없기를"이라는 시구처럼 '우리나라
산과학의 발전을 위한 나의 노력은 미비하겠지만 그래도
한 점 부끄럼은 없기를' 바라는 마음으로 연구를 계획하고
논문을 쓰고 발표하려고 애쓰고 있어요.

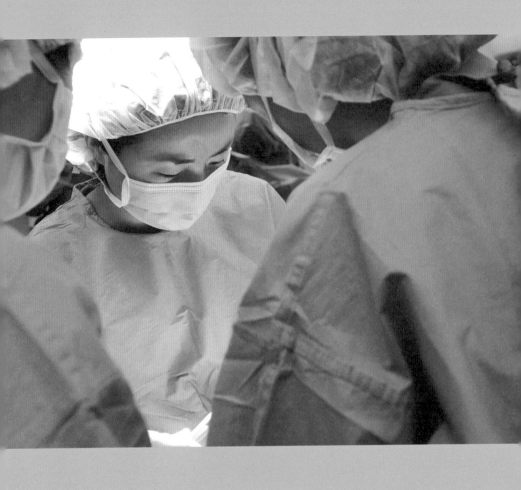

의사도 사람이라서

지치고 힘든 때가 없다면 완전히 거짓말입니다. 고충은 늘 있어요. 하지만 일을 그만두었다면 마음속에 새겨진 산모들을 만나지 못했을 거고, 안타까움과 번갈아 오는 가슴 벅찬 순간들도 없었겠죠. 산부인과 의사라는 일에 관해 글을 쓰는 지금 이 순간도 없었을 거고요.

의사로 살면서 좋은 순간만 기대할 수는 없다고 생각해요. 그건 비나 눈이 와서는 안 되고, 바람도 불면 안 되고, 안개는 더더욱 끼면 안 되고, 늘 맑은 날만 계속되기를 바라는 것과 같으니까요. 불과 몇 년 전만 해도 코로나19라는 유행병이 많은 사람의 목숨을 앗아갈지 아무도 몰랐던 것과 비슷해요. 직업에 관해서만이 아니라, 인생을 살다 보면 좋은 일도 나쁜 일도 일어날 수 있습니다.

의사라고 하면 사명감이나 책임감을 많이 떠올리죠. 물론 중요한 마음가짐이지만 의사도 사람이랍니다. 모든 부분에서 완벽하지는 않아요. 저는 의사이면서 두 딸의 엄마이기도 해요. 병원 생활이 바쁘다 보니 아이들이 어렸을 때 부모로서 잘 챙겨 주지 못한 미안한 일들이 참 많았습니다. 아이들이 다니는 학교에 간 적도 거의 없어요.

큰 애가 중학교 1학년 때 학교에서 학부모들을 부른 일이
있었어요. 병원 일을 마치고 급하게 학교에 갔는데, 정문을
지나는 순간 큰 애가 몇 반인지 모르겠더라고요. 난감해서
남편에게 전화를 해서 물었죠. 그런데 저보다 기억력이
좋은 남편이 말해 준 반도 아니었어요. 할 수 없이
지나가는 선생님을 붙잡고 딸 이름을 대면서 물었는데,
알고 보니 딸애의 담임선생님이었습니다. 부모로서 부족한
게 많았는데 그래도 딸들이 잘 커서 대학도 가고 직장
생활도 하니 감사한 마음이에요.

좋은 인간이 되면 좋은 의사가 된다

의사가 되려면 물론 공부를 열심히 해야겠죠.
의대에 들어가야 하니까요. 성실하게 공부하는 자세는
의사에게 기본 중의 기본입니다.
환자를 보는 의사로서 중요한 점은 무엇일까요?
하나만 꼽으라면 '공감 능력'이라고 생각해요. 가끔 성적은
좋아도 공감 능력이 낮은 학생들을 보곤 해요. 하지만
의사는 많은 사람, 그러니까 다양한 환자와 보호자를

만나는 직업인만큼 인간에 대한 이해가 중요합니다. 주변 친구들과 긍정적으로 대화를 이끌어 나가고 잘 어울린다면 좋은 의사가 될 수 있어요. 마지막으로 산부인과 교수가 되려면 어떻게 해야 하냐고 물어본다면 딱 두 가지를 말해 주고 싶어요. 바로 용기와 끈기입니다.

　　혹시 의사가 되기를 꿈꾸고 있나요? 그것도 산부인과처럼 고된 비인기과의 의사가 되기를 바란다고요? 그렇다면 이렇게 말해 주고 싶습니다. 산부인과가 힘든 건 맞지만 참을 수 없는 보람과 기쁨도 있다는 것을요.

내가 만든

별이

밤하늘을

가로지를 때

물리학자

황정아

20여 년간 인공위성을 만들어 온 물리학자. 한국천문연구원에서 지구방사선대와 우주환경을 연구하고 있다. 세계 최초로 편대 비행을 시도하는 '도요샛' 위성을 만들었다. 달에 보낼 우주방사선 탑재체도 설계하고 있다. 쉼 없이 우주 연구를 하면서 세 아이를 키우는 엄마이기도 하다. 우리 아이들에게 조금이라도 더 나은 세상을 물려주고 싶다.

즐거울 때

직접 만든 위성이 하늘에서 별처럼
반짝이는 것을 볼 때

힘들 때

"냉장고에 코끼리를 넣어라!"
무슨 일이든 기한 내에 끝내야 할 때

필요한 능력

수학 실력보다 중요한 도전의식,
꺾이든 꺾이지 않든 계속하는 마음

어렸을 때 나는 하늘을 날 수 있는 신발을 만들고 싶었다. 초등학생 때 우리 집은 가파른 언덕을 한참을 걸어 올라가야 하는 고지대에 있었다. 나는 지금이나 그때나 걷고 움직이기를 싫어해서 등하굣길을 오르락내리락할 때마다 불만이 매우 많았다. 그래도 학교에 가면 재미있었으니 어쩔 수 없이 걷던 등굣길 위에서 나는 엉뚱한 상상을 하곤 했다. 아니, 책을 보면 위대한 과학자가 그렇게 많은데 왜 그 영리한 과학자들은 고작 신발 하나를 여태 못 만들었을까? 문명이 이렇게 발달했는데 그런 것도 못 만들다니. 운동화에 로켓 같은 게 달려 있어서 어디로든 자유롭게 날아갈 수만 있다면 얼마나 좋을까? 마치 손오공이 타고 다니는 구름이나 알라딘의 나는 양탄자처럼 말이다. 그도 아니면

타임머신이나 순간이동 장치를 만들어서 원하는 위치에
순식간에 내려가거나.

운동을 싫어하는 나에게 오래 걷기는 정말 짜증 나는
일이었다. 하늘을 나는 신발을 상상하며 "그래, 아무도 못
만들었으면 내가 나중에 커서 만들면 되지!" 하는 생각을
했다. 어른이 된 지금에 와서 돌이켜 보면, 그때가 생애
처음으로 과학자가 되어 볼까 생각한 순간이다.

문과와 이과 사이에서
갈팡질팡

나는 인공위성을 만드는 물리학자다. 하지만
정말 솔직하게 고백하건대 단 한 번도 내가 과학을, 또는
물리를 잘한다고 생각해 본 적이 없다. 중학생 때 어느
고등학교에 갈지 고민하면서 정말 수많은 밤을 잠들지
못하고 번뇌에 휩싸였던 기억이 난다. 내가 문과 성향인지
이과 성향인지조차도 도통 확신할 수가 없었다. 애초에
정보가 빈약한 어린 중학생이 판단을 내리기에는 너무
무거운 결정이기도 했다. 하지만 수많은 고민 끝에
과학고등학교에 입학하고, 카이스트에 진학하면서 인생은

완전히 과학 쪽으로 흘러갔다. 늘 생각하지만, 중학교 2학년 때 과학영재교실을 가지 않았더라면 완전히 다른 직업을 갖게 되었을지도 모른다. 중학생 때 누구를 만나고 어떤 생각을 하는지는 그만큼 중요하다.

　　나는 어린 시절부터 줄곧 책 읽기와 글쓰기가 즐거웠다. 초등학생, 중학생 시절 책이라면 손에 잡히는 대로 읽었다. 학습서나 고전문학만 읽었느냐 하면 당연히 아니다. 그 시절 푹 빠져 살다시피 한 책들은 주로 이야기가 빠르게 전개되는 추리 소설이었다. 아서 코난 도일의 《셜록 홈즈》, 모리스 르블랑의 《괴도 루팡》, 애거사 크리스티의 추리 소설 시리즈를 읽으면서 살인사건의 수수께끼를 푸는 주인공이라도 된 것처럼 흥분하곤 했었다. 《셜록 홈즈》를 모티브로 만들어진 일본의 애니메이션 〈명탐정 코난〉도 물론 모조리 섭렵했다. 고등학교 시절에는 무협 소설에 빠지기도 했다. 《신조협려》, 《의천도룡기》 등의 소설을 읽고 〈천녀유혼〉, 〈백발마녀전〉 같은 중국 무협 영화에 푹 빠졌다. 황금 같은 주말에 잠도 제대로 자지 않고 영화에 파묻혀 보낸 날도 많았다. 나는 '드라마 덕후'이기도 했다. 친척들은 내가 비디오나 TV 드라마를 정말 많이 본다는 사실을 보고도 믿지 않으려 했다. 그러나 나는 한번 TV 드라마를 틀면

끝없이 보곤 했다. 그게 힘든 학업으로 쌓인 스트레스를 푸는 방법이기도 했다. 지금도 나는 바쁜 업무가 좀 잦아들면 넷플릭스 드라마 시리즈를 몰아 보면서 휴식을 취한다.

영화와 책을 좋아했기에 과학을 직업으로 삼아도 좋을지 정말 많이 고민했지만, 초등학교 시절 치기 어린 상상을 펼쳤던 과학을 계속 공부하겠다는 선택을 한 데는 한 가지 믿음이 있었다. '재능도 어느 정도는 훈련으로 만들 수 있을 것'이라는 믿음이었다. 과학은 어렵긴 하지만 새로운 지식을 알아가는 재미가 있었고(다른 과목도 재미있긴 했지만), 과학을 좀 더 집중적으로 배우다 보면 더 잘하게 되지 않을까 하는 기대가 있었다. 무엇보다 남들이 안 하는 일, 어렵다고 꺼리는 일이 "꼭 해내야지!" 하는 도전 의식을 불러일으켰다. 나에게는 그 넘기 어려운 벽이 '물리'였다.

나는 단 한 번도 쉽지 않았던, 내게 좌절만 안겨 주던 물리를 전공으로 선택했다. 지금도 사람들이 어떻게 그럴 수 있었느냐고 물어보면 대답이 곤궁하기는 하다. 시작은 어쩌면 오기였고, 어쩌면 잘 풀리지 않더라도 도망갈 구멍을 만들어 보자는 생각이었던 것 같다. 그러나 결코 포기한 적 없이 지금까지 물리로 먹고살고 있다. 결국 버티는 사람이 이기는 거다.

물리학자는
천재나 하는 거 아니에요?

　　많은 사람이 과학자라는 직업에 대해 환상을
갖거나 오해를 하는 것 같다. 특히 물리학자라고 하면
대부분이 "엄청 어려운 공부 하셨네요!"라고 반응한다.
물리라는 학문 자체가 어려운 것은 분명하지만, 물리를
직업으로 선택한 사람도 결국 보통 사람이다. 세상에 많은
직업 중에서 연구자라는 직업을 선택한 것이고, 과학의
많은 분야 중에서 어쩌다 인연이 닿아 이 길로 접어든
것이다. 나도 물리가 내 운명이라서, 이거 아니면 죽겠다
싶어서 선택한 것이 아니다. 그런 이유로 직업을 고르는
사람도 있긴 하겠지만. 내가 아는 많은 사람이 주어진
환경과 적당히 타협해 전공과 직업을 정했다.
　　물리를 선택한 이유는, 엄청난 업적이나 성과를
남기겠다는 마음보다는 선망의 마음이었다. 넘지 못할
거대한 장벽처럼 보이는 물리라는 아성을 극복해 보리라는
마음이었다. 많은 사람이 어렵다고 생각하고 접근조차

하지 않는 일에 도전해 보겠다는 욕구 같은 것이었다. 되돌아보면, 지금까지 내가 내린 많은 결정에 가장 크게 작용했던 변수는 '희소성'이다. 나는 다수가 선택하거나 몰리는 일은 피하고 싶어서 사람들이 적게 찾는 일에 관심을 가졌다.

내가 대학교에 진학할 당시 물리학과는 인기가 많았다. 그런데 여학생은 거의 없는 학과였다. 지금도 물리를 선택과목으로 삼는 고등학교 여학생은 매우 드물다. 여고에서는 반 운영이 되기 어려울 정도로 물리를 공부하는 학생이 적다고 들었다. 물리를 선택하는 학생이 적으면 당연히 내신을 잘 관리하는 것도 어려워지니 더더욱 기피하기 마련이다. 어쨌든 물리학과에서 여학생을 찾기는 예전에도 어려웠다. 그럼에도 나는 늘 남들과는 다른 선택을 하곤 했다. 어렵긴 하지만, 어려운 일에 도전했다가 실패하는 편이 시도조차 안 하는 것보다는 낫다는 생각이었다. 그리고, 이제야 깨달은 사실이지만 과학자에게 가장 필요한 능력은 천재적인 재능이나 수학 실력이 아니다. 실패하고 또 실패해도 버틸 수 있는 인내와 끈기가 가장 필요하다. 아무리 넘어져도 다시 일어설 수 있는 힘이 있다면 과학자의 자질을 갖춘 것이다. '넘사벽'이라 생각한 물리학과에서 살아남은 나는 천재적

재능을 갖고 있지 않더라도 과학자가 될 수 있다는 생생한 증거다.

인공위성을 만드는
우주과학실험실

막상 대학교 물리학과에 들어와 보니 내가 알던 물리와는 달라도 너무 달랐다. 고등학교 때까지 안다고 생각한 물리가 1차원 세상이었다면, 대학교에서의 물리는 2차원, 대학원에서 맞이한 물리는 3차원 세계였다. 단계가 올라갈수록 다른 차원이 문이 열려서 나중에는 정신을 차릴 수가 없을 지경이었다.

카이스트 물리학과에는 차원이 다를 정도로 다양한 세부 전공이 있었다. 대학원에 진학하려면 실험실과 지도교수를 결정해야 한다. 여러 선택지를 두고 고민해 보니 세상에 물리가 아닌 일이 없었다. 광학, 반도체, 비선형 카오스, 역학, 핵융합, 자기공명, 생물 물리, 뇌과학, 통계 물리 등등. 물리가 다루지 않는 분야가 없었다. 그중에서도 매력적으로 다가온 분야는 '우주'였다.

우주과학실험실은 물체를 만들어 우주로 보내 볼 수

있는 유일한 곳이었다. 당시만 해도 인공위성을 처음부터
끝까지 만들 수 있는 대학교는 카이스트가 유일했다.
지금은 다른 몇몇 대학교에서도 우주로 보낼 작은 큐브샛
위성들을 연구하고 있다. 하지만 내가 학생일 때만 해도
인공위성을 학교에서 만들기는 힘들었다.

　　오늘날에도 여전히 우주는 일반인이 접근하기
쉬운 영역이 아니다. 나는 호기심만큼 걱정도 많았다.
어떤 전공이 나한테 적합한지 도무지 알 수 없어 불안한
마음에, 물리학과의 많은 실험실을 두루 기웃거리며
탐색하는 과정을 거쳤다. 괜찮아 보이는 실험실에 가서
몇 달씩 머물러 보기도 하고, 선배들과 부대껴 보기도
했다. 견딜 만한(?) 실험실을 찾던 중에 눈에 띈 곳이 바로
우주과학실험실이었다. 직접 만든 물체가 우주로 나가고,
그 물체로부터 연락을 받는 멋진 경험을 할 수 있는 사람이
세상에 몇이나 될까? 우주과학실험실은 바로 그런 일을 할
수 있는 곳이었다.

　　내가 들어가고자 마음먹은 우주과학실험실에
들어가기 위한 경쟁은 매우 치열했다. 그래서 몇몇 동기와
함께 선배들 앞에서 면접시험을 치르기도 했다. 지금까지
어떤 경력을 쌓았는지, 왜 실험실에 들어오고 싶은지를
발표한 다음 냉정하게 평가를 받았다. 나는 체격 좋은 남자

66

과학자에게 가장 필요한 능력은
천재적인 재능이나 수학 실력이
아니다. 실패하고 또 실패해도
버틸 수 있는 인내와 끈기가 가장
필요하다.

99

동기들을 모두 제치고 당당히 실험실에 들어갔다. 나중에
지도교수님이 내가 좋은 성적을 받은 것은 '공격적'인
모습을 보였기 때문이라고 하셔서 약간 놀랐다. 늘
노력하고 어떤 일에든지 도전해 보겠다는 적극적인 모습이
나름 매력 어필을 한 것 같다. 인공위성 장비들을 직접
만드는 일을 여자인 내가 남자들보다 훨씬 더 잘 해낼 수
있다고 설득하기 위해서 필사적으로 노력한 기억이 난다.
현대전자와 삼성종합기술원에서 학부 인턴십을 두루
경험하면서 현장 경험을 쌓았던 것이 도움이 되었다. 사실
중요한 것은 도전 그 자체다.

하루에 14번
머리 위를 지나가는 별

　　　　우주과학실험실에 들어와서 중책을 바로 떠맡게
되었다. 이미 중간쯤 진행 중이던 '과학기술위성 1호'의
'우주물리 탑재체'를 제작하는 일이었다. 인공위성은
크게 두 부분으로 구성된다. 위성의 생명 유지를 위해
필요한 장비들로 이루어진 본체, 위성이 무슨 일을
할지 결정하는 관측기인 탑재체다. 나에게 주어진 일은

우주물리 탑체제에 들어갈 고에너지 입자 검출기를 설계하고 제작하는 일이었다. 이 관측기는 우주에서 지구로 침투해 들어오는 고에너지의 전자나 양성자를 측정했다. 실험실에서 나에게 위성 제작을 가르쳐 준 최고참 선배는 박사 졸업을 한 학기밖에 남겨 놓지 않고 있었다. 선배는 이제 막 실험실에 들어온 신입생인 나에게 그간의 모든 일을 급하게 넘겨야 했다.

당시 "물리학과 석사는 냉장고에 코끼리도 넣을 수 있다"라는 우스갯소리가 유행했다. 실험실에 갓 들어온 새내기는 무슨 일이 맡겨지든 기한 안에 해내야만 했다. 게다가 위성 프로젝트는 혼자 하는 일이 아니라 수십, 수백 명의 연구자가 함께 힘을 모아야만 하는 거대한 오케스트라 같은 작업이다. 지금도 나는 내가 맡은 역할이 벽돌 한 장을 만드는 일과 같다고 말하곤 한다. 집을 완성하기 위해서는 모든 벽돌이 제때 만들어져야만 하고, 어느 하나의 벽돌이라도 부실하면 집에 언젠가는 구멍이 생기게 마련이다. 나는 내 벽돌을 튼튼하게, 기간 안에 반드시 만들어 내야만 한다.

위성이 막상 우주로 올라가면, 위성을 만든 사람들은 이제 무엇을 할까? 지상에 있는 위성 개발자인 나한테는 이제 기다림의 시간만이 남게 된다. 우주로 무사히 발사된

66

위성 프로젝트는
수십, 수백 명의 연구자가 함께
힘을 모아야만 하는
거대한 오케스트라 같은
작업이다.

99

위성이 제대로 살아 있는지 첫 생존 신호를 기다리는 시간은 개발자들에게는 정말 피 말리는 시간이다. 위성이 무사히 지상에 있는 나에게 첫 신호를 보내 주고, 그 신호를 지상에서 받아 분석해서 위성의 상태가 건강하다고 판정되면, 이제 위성이 하기로 한 일을 시작할 수 있도록 지상에서 위성으로 명령을 보낼 수 있다. 위성은 우주에서 사진을 찍기도 하고 자기장을 측정하기도 하는 등 다양한 우주 미션을 수행하기 시작한다.

내가 만든 과학기술위성 1호는 2003년 9월에 우주로 갔다. 이 위성은 저궤도인 약 600km 고도에서 지구 주위를 지금도 돌고 있다. 저궤도 위성은 지구를 1바퀴 도는 데 약 100분의 시간이 걸린다. 하루는 24시간이니 과학기술위성 1호는 하루에 지구 주위를 14.4바퀴 돌게 된다. 날씨가 맑다면 위성을 맨눈으로도 볼 수 있다. 나는 내 위성을 밤마다 맨눈으로 찾아보곤 한다. 밤하늘에서 반짝이는 저 별들 중 하나가 나의 별인 것이다. 내가 만든 별이 매일 내 머리 위를 하루에 14바퀴씩 지나가다니! 이렇게 멋진 일을 할 수 있는 사람이 세상에 과연 몇 명이나 될까?

작지만 멀리 나는 새,
도요샛의 위대한 비행

2023년 5월, 내 인생의 두 번째 위성인 '도요샛'이 우주로의 여정을 시작했다. 작은 철새인 도요새와 닮은 점이 많아 이런 이름을 붙였다. 도요새는 몸무게가 고작 300g밖에 되지 않지만 3만km를 쉬지 않고 날 수 있다. 우리나라에서 그동안 만들어 온 과학위성이 100kg 정도의 무게였던 것과 달리, 도요샛은 무게가 10kg밖에 되지 않는다. 나의 위성 도요샛이 작지만 멀리 가는 새처럼 기나긴 여행을 무사히 하길 바란다.

도요샛 위성은 1기가 아니라 자그마치 4기나 된다. 4기의 초소형 위성들은 서로 일정한 간격을 두고 움직이는 '편대 비행'을 하는데, 위성의 편대 비행은 세계 최초로 하는 시도다. 4기의 위성들은 먼저 앞으로 나란히 움직이는 종대 비행을 2~3개월 동안 유지하고, 다시 조금씩 위치를 바꿔 옆으로 나란히 움직이는 횡대 비행을 2~3개월 동안 하게 된다. 비행하는 내내 서로의 간격을 정확하게 지키고 대열을 유지할 것이다. 편대 비행이 중요한 이유는 관측 지점을 지나가는 주기를 줄일 수 있다는 점에 있다. 1기 위성으로 100분에 한 번씩 지나가던 방문 지점을 4기의

위성은 25분에 한 번씩 지나갈 수 있다. 그러면 과학자들은 시간에 따라 변하는 우주를 더욱 자세히 관찰할 수 있다.

우주에서 움직이는 위성의 방향을 바꾸기 위해서는 에너지가 필요한데, 이 역할을 하는 탑재체가 바로 추력기다. 위성의 운동 속도를 인위적으로 줄이고 다른 방향으로 궤도를 바꾸는 작업은 사실 굉장히 위험한 시도이며, 여기에는 매우 정밀한 제어 기술이 필요하다. 우주라는 공간에는 공기가 없다. 진공과 다름없는 상태인 우주에서는 저항도 거의 없다. 그래서 만일 위성을 잘못 움직이기라도 하면 위성은 엉뚱한 방향으로 무한히 가게 된다. 위성 개발자들은 소중한 위성이 우주에서 그렇게 위험한 움직임을 하는 것을 바라지 않는다. 자칫 위성과 위성이 너무 가까이 붙기라도 한다면 큰 충돌 사고가 날 수 있다. 비행 중간에 방향을 바꾸는 것은 이렇게 매우 까다롭고 어려운 기술인 까닭에 전 세계적으로 시도하는 일이 드물었다. 도요샛이 비행을 잘 마친다면 우리나라는 정말 중요한 위성들의 편대 비행 기술을 확보하게 된다. 그야말로 우주의 드론이 되는 셈이다.

신발에 로켓 추력기를 달아서 하늘을 날고 싶어 했던 소녀의 꿈은 인공위성을 만들어서 우주로 보내는 물리학자가 되면서 실현된 셈이다. 우주에 뭔가를 보내는 일은 여전히 힘들고 어렵지만, 매우 설레고 뭉클한 일이기도 하다. 우주를 좋아하는 청소년들의 꿈을 응원한다. 물리학자가 되려면 무엇을 준비해야 하는지를 묻는 아이들을 종종 만난다. 청소년 시절에는 일단 엉뚱한 상상을 많이 하고, 가능한 한 많은 책을 분야에 상관없이 많이 읽으면 좋겠다. 아직 깊이가 있을 나이는 아니니, 일단 넓게 파는 일이 필요하다. 그러다 보면 점점 더 깊이 있는 세상을 만나게 될 테니까.

범인과의

끈질긴
두뇌 싸움

프로파일러

고준채

경찰청 프로파일러 특채 1기.
강호순 연쇄살인사건, 오원춘 살인사건 등을 비롯한 수많은 강력범죄
사건 수사에 참여했다. 중앙경찰학교 형사학과 교수를 거쳐 현재는
경찰대학교 치안정책연구소 과학기술연구부 연구관으로 일한다. 교
육부의 청소년 진로 멘토로도 활동 중이다.

즐거울 때

미궁에 빠진 사건의
범인을 밝혀낼 때

힘들 때

끔찍한 범죄 현장과
피해자의 아픔을 마주할 때

필요한 능력

어느 쪽에도 치우치지 않는 사고방식,
범인 앞에서도 침착한 마음가짐

사춘기를 지나는 아들에게,

아빠는 대한민국 경찰 '프로파일러'란다.
프로파일러라고 하면 영화나 드라마의 주인공이 먼저
떠오르겠지? 멋진 외모에 천재적인 두뇌로 어려운
사건도 척척 해결하는 배우들 말이야. 하지만 진짜
프로파일러는 드라마 주인공처럼 멋지지도 않고 하는 일도
매우 다르단다. 그래도 네 눈에는 아빠가 멋진 사람으로
보이니? 지금도 어렸을 때처럼 아빠가 하는 일을 하고
싶니? 그렇다면 이제는 프로파일러가 어떤 일을 하는지
구체적으로 알려줘도 될 것 같아 이렇게 편지를 쓴다.
프로파일러는 1960~1980년대 연쇄살인사건을
해결하기 위해 미국연방수사국FBI이 만든
행동과학부BSU에서 처음 등장한 직업이야. 연쇄살인이라는

용어는 테드 번디Ted Bundy가 30여 명의 여성을 죽인 범죄를
설명하기 위해 처음 사용되었지. 테드 번디는 1970년대
미국 워싱턴주를 시작으로 총 7개 주를 돌아다니며
100명 이상의 여성을 살해한 연쇄살인범이야. 당시
FBI 프로파일러를 사람들은 마인드 헌터Mind hunter라고
불렀어. '범죄자의 마음을 꿰뚫어 보는 능력'이 있다는
의미였지. 그만큼 프로파일러는 슈퍼맨, 원더우먼, 배트맨
같은 히어로처럼 신비한 존재로 사람들에게 알려졌던 것
같아. 우리나라 경찰청에서도 프로파일러를 채용했어.
1980년대의 화성 연쇄살인사건(2019년 범인 이춘재를
검거해 '이춘재 연쇄살인사건'으로 명칭이 바뀌었어), 2000년대
초반의 유영철 연쇄살인사건 같은 무서운 범죄를 계기로
프로파일러가 현장에 투입되었어.

　　예전에 아빠는 군사경찰 장교로 일한 적이 있어.
수도방위사령부에서 군사경찰단 영창(잘못을 저지른
군인이 징계나 재판을 받기 위해 들어오는 감옥)을 담당하는
형무장교였지. 당직 근무를 할 때면 수용자들에게 왜
영창에 오게 되었는지, 어렸을 때 성장 과정은 어땠는지
등을 물어보곤 했었지. 책과 영화에서 FBI 프로파일러가
범죄자를 면담하는 것을 흉내 냈던 것 같아. 그렇게 범인의
마음을 간파하는 일을 하고 싶다는 꿈을 품었어. 이 시절의

경험이 나중에 군대 제대 후 경찰청 프로파일러가 되는 데 크게 도움이 된 것 같아. 만약 그때 수용자와 면담하지 않았다면 프로파일러가 되겠다고 마음먹었을까? '준비된 자에게 기회가 찾아온다'는 말이 있지? 프로파일러가 되니 '뜻이 있는 곳에 길이 있다'는 속담을 이해할 수 있었어.

프로파일러가 되어 처음에는 지방의 작은 도시로 발령받아 몇 개월을 보냈어. 그곳은 범죄 수사가 필요하지 않을 만큼 평화롭고 조용한 곳이었어. 서울에서는 동기들이 연쇄살인범 정남규를 검거하는 활약을 펼쳤어. 그해 말에 경찰청은 사건 해결에 크게 기여한 프로파일러들의 공로를 인정해 새롭게 부서를 만들기로 결정했어. 각 지방 경찰청에서 프로파일러 4명을 뽑아 '중앙행동분석팀'을 만들었지. 그때 아빠도 동기들처럼 능력을 발휘하고 싶어서 서울에 있는 중앙행동분석팀에 들어갔어. 가족들과 떨어져 혼자 서울에서 생활하는 것이 쉽지는 않았어. 그때는 사건을 해결하는 것이 가족과 쉬는 것보다 더 큰 의미가 있는 일이라고 생각했는데, 지금은 어렸을 때 너와 더 많은 시간을 함께 보내지 못한 것을 미안하게 생각해.

범인의 정체를
밝혀내기까지

경찰청 중앙행동분석팀에 출근한 지 한 달이
채 되지 않은 어느 날, 경기도 서남쪽에서 여성 실종
사건이 잇따라 발생했어. 20여 일 동안 4개 도시에서 여성
4명이 사라졌지. 그러자 언론에서는 1980년대의 화성
연쇄살인사건을 언급하며 "다시 악몽이 시작되었다"라고
크게 보도했어. 과거와 비슷한 지역에서 발생한
사건이라는 것만을 근거로 추측성 보도가 터져 나오고
있었어. 그만큼 화성 연쇄살인사건이 국민에게 주는
공포감이 컸던 거야. 지금은 범인을 잡았지만, 이 사건은
30여 년이라는 긴 시간 동안 미궁 속에 있었던 사건이야.
영화로도 만들어질 정도였지.

경찰은 먼저 연달아 터진 실종과 과거 연쇄살인사건의
연관성을 파악해야 했어. 그다음으로는 한 사람이 저지른
사건인지, 아니면 사건마다 범인이 다른 것인지를
분석해야 했지. 4개 도시의 경찰서 형사들이 모두 모여
수사회의를 했어. 형사들은 실종자들의 나이와 직업,
거주지 등에서 어떠한 공통점도 없으니 한 사람의
범행이 아니라고 강력하게 주장했지. 수사를 지휘하는

수사본부장도 이런 형사들의 주장에 고개를 끄덕였어.

하지만 프로파일러들의 생각은 달랐어. 물론 형사들의 말처럼 실종자의 나이, 직업, 사는 지역은 모두 달랐지만, 실종자들의 휴대폰이 꺼진 지점에는 공통점이 있었거든. 우리는 휴대폰이 꺼진 장소가 모두 지방 국도의 갈림길에 있는 IC 주변이라는 점에 주목해 범행을 재구성했어. 이렇게 장소의 특징을 분석해 범인이 한 행동과 머무른 공간을 추정하는 것을 '지리적 프로파일링'이라고 해. 아마도 범인은 차량을 이용해 실종자와 이동했을 것이고, 갈림길 주변에 다다랐을 때 원래 가려고 했던 목적지와 반대로 방향을 틀었을 것으로 보였어. 그리고 이때 항의하는 실종자를 공격했을 것으로 보였어. 형사들은 말도 안 되는 소리라며 거세게 항의했지. 프로파일러가 현장에서 일한 지 얼마 되지 않은 시기였기에 당시만 해도 프로파일러에 대한 형사들의 신뢰가 크지 않았어.

몇 달간 매일 현장을 누비며 목격자를 만나는 조사에 매진했어. 밤 10시에 시작하는 수사회의를 마치고 집에 오면 새벽 시간이었지. 그래도 힘든 줄 모르고 범인을 찾는 데 온 힘을 쏟았던 이 사건이 바로 '강호순 연쇄살인사건'이야. 살인범 강호순은 그 뒤에도 3건의 납치와 살인을 저지르고 3년이 지난 2009년

겨울에 붙잡혔어. 모두 8명이나 되는 희생자가 발생한
연쇄살인사건이었지. 절대 한 사람의 범행이 아니라고
주장하던 형사들은 그제야 실수를 인정하고 프로파일러를
동료로 인정했어.

강호순 연쇄살인사건은 아빠에게 큰 의미를 남겨 잊을
수 없는 사건이 되었어. 이 사건은 우리나라에서 연쇄살인
범죄에 대한 경각심을 높이는 결정적인 계기였거든.
이제는 CCTV 같은 과학기술의 발달로 더는 과거와 같은
연쇄살인이 잘 일어나지 않게 되었어. 그때 너와 떨어져
힘든 날을 보내기는 했지만, 희생자가 더 나오는 것을
막을 수 있었기에 이 수사에 참여한 시간은 지금까지도 큰
보람으로 남아 있어.

처음으로 출동한 살인사건 현장

프로파일러는 사건이 발생하면 가장 먼저
현장으로 출동해야 해. 언젠가 우리 가족이 제주도로
여행을 가기로 했던 날 아빠가 갑자기 함께 가지 못했던
것도 그래서였어. 강력 사건은 주로 주말과 연휴, 특히

늦은 밤에 많이 생기거든.

프로파일러는 범인의 흔적과 범죄 증거가 남아 있는
현장을 꼭 직접 관찰해야만 해. 그렇기에 프로파일러에게
현장 출동은 숙명이라고 할 수 있어. 밤을 꼬박 새우다가,
새벽에 전화를 받고 현장으로 바로 출동하는 프로파일러가
배우처럼 멋있기는 어렵겠지? 지금까지 여러 살인사건
현장에 출동했지만, 그중에서도 처음으로 갔던 현장은
잊을 수 없어.

새벽에 사무실로 달려갔어. 지역 조직폭력배들
사이에 시비가 붙어 한 조직원이 칼에 찔려 사망한 사건
때문이었어. 범인의 흔적을 찾는 현장감식 요원들과
아빠는 장비를 차량에 싣고 바로 현장으로 출동했어.
새벽이었던 데다, 현장에 가면 하루 내내 쉴 틈이 없을
테니 베테랑 요원들은 모두 말없이 눈을 감고 있었어.
차에는 적막만 흐르고 있었고, 아빠는 아직 어둠이
가시지 않은 창밖만 바라봤어. 살인사건 현장을 처음으로
마주한다는 두려움이 일었어. 조직폭력배가 등장하는 어느
영화의 끔찍한 장면이 떠올라 무섭기도 했어. 그럴지만
애써 태연한 척하며 비장하게 각오를 다졌지.

도착한 곳은 시장 근처의 작은 다세대 주택 건물의
반지하였어. 현관문의 유리는 깨진 채로 피가 묻어

있었고 알루미늄 문틀도 찌그러져 있었어. 강제로 문을
열려고 하는 범인을 피해자가 막으려고 한 다급한 순간이
느껴졌어. 현장감식 요원들이 현관문 밖에서 사진을 찍고
있을 때, 나는 보호장비를 착용하고 문을 열어 집 안으로
들어갔지. 지금은 각 경찰청에 프로파일러가 2~5명은
있지만, 그때만 해도 지방 경찰청에는 프로파일러가 아빠
한 사람밖에 없었어. 그래서 혼자 현장에 들어갈 수밖에
없었어.

　　안방 문 사이로 한 소년이 피를 흘리고 쓰러져
있는 것이 보였어. 그 모습을 보고 처음에는 의아했어.
'피해자는 조직폭력배라고 했는데, 왜 소년이 저기
쓰러져 있지?' 짧은 머리에 문신이 있는 우락부락한 몸의
아저씨가 쓰러져 있으리라 예상했거든. 그러나 곧 그
소년이 조직원이고 이번 사건의 피해자라는 것을 알 수
있었지. 갑자기 너무나 큰 슬픔에 가슴이 답답해졌어.
부모에게 한창 사랑받을 나이에 이 아이는 왜 여기에
쓰러져 있을까. 범인이 문을 부수고 들어올 때 이 아이는
얼마나 무서웠을까. 사건 현장은 정말 영화와는 달라도
너무 달라서 한동안 멍해지고 아무 생각도 나지 않았어.

66

사건 현장은 정말 영화와는
달라도 너무 달라서
한동안 멍해지고
아무 생각도 나지 않았어.

99

아직도 사라지지 않는 범죄들

수사 현장을 누비고 다니며 범인을 잡아도 강력 사건은 계속 터졌어. 특히 사회적 약자가 피해자일 때가 가슴 아팠어. 혹시 우리 가족이 피해자가 될까 봐 걱정이 많아지기도 했고. 특히 아동과 관련한 사건에서는 더욱 그랬지. 아빠는 부모로서 책임감을 많이 느꼈어.

혹시 '정인이 사건'을 알고 있니? 2020년에 8개월 아기 정인이가 양부모에게 오랜 시간 학대를 받다가 사망한 사건이야. 2020년 체포한 아동학대자의 80퍼센트 이상이 부모였다고 해. 부모가 학대를 저지르는 사건은 언론에 보도되기 전에도 많이 있었어. 아빠도 5세 아이를 때려서 죽인 계모를 면담한 적이 있어.

브렌트 터비Brent Turvey라는 미국의 범죄심리학자가 쓴 《유능한 프로파일러의 요건》이라는 책을 보면 "범죄자를 도덕적으로 비난해서는 안 된다"라는 철칙이 나와. 프로파일러가 개인적 감정이나 가치관으로 범죄자를 판단해서는 안 된다는 거야. 주관적인 생각이나 감정은 프로파일링에서는 절대로 용납될 수 없어. 그래서 프로파일러들은 범죄자의 성격을 설명할 때 가능한 한 형용사를 사용하지 않는 훈련을 하고 있어. 그럼에도 아빠는 그 계모를 면담하면서 정말 많이 분노했어. 계모는 아이가 거짓말한다는 이유로 아이를 때렸다고 했거든. 발달심리학에 따르면 5세는 거짓말을 가장 많이 하는 나이야. 5세 아이에게 거짓말은 두뇌가 자라는 과정에서 자연스러운 것이고, 아이가 사실이 아닌 일을 꾸며 내지 못하면 오히려 신체 발달에 문제가 있는지 살펴봐야 해. 그렇기에 아이의 말을 문제 삼으며 책임을 다른 곳에 떠넘기는 계모의 태도에 엄청나게 화가 났어. 함께 면담에 참여한 후배가 나를 말리며 진술녹화실 밖으로 끌고 나올 정도였어. 아들을 둔 아빠이기에 아이의 아픔이 더욱 고스란히 느껴졌던 것 같아. 그날 더는 면담에 참여하지 못했고, 집으로 돌아오는 길에 무거운 책임감을 느꼈어. 아이들이 학대받는 일이 생기지 않도록 최선을 다하겠다고 다짐했지. 하지만 우리 사회에서 아동학대 사건은 여전히 사라지지 않고 있어. 아무리 노력해도 모든 아이를 지켜 주지 못한다는 것에 무력감을 느끼기도 해.

다행히 살인사건이 매일 생기지는 않아. 살인사건이 없을 때 아빠가 주로 하는 업무는 피의자(범죄 혐의가 있어서 수사 대상이 된 사람)를 면담하는 것이란다. 이 면담은 피의자가 범죄를 저지른 모든 과정을 파악하는 중요한 업무야. 살인·강도·방화·성폭력 등을 저지른 피의자들은

경찰에게 조사를 받고 검찰로 넘어가기 전 프로파일러와
만나서 심리·성격 검사를 해. 이 과정에서 프로파일러는
그들의 성장 과정과 범죄를 저지른 배경, 범죄 후 도주한
장소와 생활 방식 등을 알아내지. 면담으로 얻은 자료는
경찰청 내부의 데이터베이스 시스템에 저장해 범죄 유형을
분류하거나 다른 사건을 수사하는 데 중요한 통계 자료로
활용해. 우리나라의 형사정책을 수립하는 데도 중요한
자료로 쓴단다.

　　프로파일러는 아침에 출근하면 간밤에 발생한
사건들을 살펴보면서 그날 면담이 필요한 피의자를
선정해. 그러고 나면 곧바로 관할 경찰서 담당 형사에게
연락해 면담 시간과 장소를 정하지. 피의자 면담을 하기
위해서는 그 경찰서의 진술녹화실, 유치장 또는 구치소에
직접 방문해야 해.

　　경찰서에서 만나는 피의자들은 프로파일러를
보면 대부분 경계해. 프로파일러와 만날 즈음에는
이미 경찰서에서 많은 조사를 받아 위축되어 있는
데다 형사처벌에 대한 두려움이 있기 때문이야. 그때
프로파일러가 "사건을 조사하려는 것이 아니라, 당신의
삶에 관한 이야기를 들으러 왔어요"라고 말하면 대다수가
긴장한 표정을 풀고 관심을 보이지. 정말 말이 통하지 않는

무서운 피의자도 있긴 한데, 그런 사람은 생각보다 많지
않아. 대부분은 자신의 심리와 성격에 대해서 알고 싶어
하거든. 시간이 오래 걸리는 검사도 열심히 하고 결과도
궁금해하지.

앞서 이야기했듯 프로파일러는 범인을 분석할 때
감정에 휘둘려서는 안 되고 철저하게 중립을 지켜야 해.
그럼에도 어린 시절 외로웠다고 말하는 범인을 만나면
안타깝고 마음이 아파서 힘들어져. 범인들이 그들을 믿고
지지하는 사람이 곁에서 성장했다면 어쩌면 범죄를 저지를
일도 없지 않았을까 생각이 들거든. 그러면 안타까운
피해자가 생기는 일도 없었을 거고.

아빠도 어릴 적에는 나쁜 짓이라고 할 만한 아슬아슬한
일탈을 많이 했기에, 처음에는 '왜 저 사람은 범죄자가
되었고 나는 프로파일러가 되었을까?' 하고 한참을
생각했었어.

너는 너를 믿고 지지하는 사람이 누구라고 생각하는지
궁금하다. 아빠를 그렇게 생각해 주었으면 좋겠지만,
청소년기에는 부모와 거리를 두면서 자율성을 키워 간다고
하더라. 사춘기는 부모나 가족보다도 친구를 중요하게
생각하는 시기라는 점도 이해해. 지금 주변에 어떤
친구들이 있는지 잘 살펴보면 좋겠어. 꿈을 위해서 같이

66

프로파일러는
범인을 분석할 때
감정에 휘둘려서는 안 되고
철저하게 중립을 지켜야 해.

99

노력하고 서로 의지할 수 있는 친구를 만나길 바란다.

결국 누군가는 해야 할 일

지금도 이 시간 어딘가에서는 불특정 다수를 향해 분노를 표출하는 '이상동기 범죄'가 발생하고 있어. 이런 범죄가 생기는 이유는 상대하기 쉽고 약한 대상에게 자신의 분노를 옮겨 쏟아 내기 때문이야. 다시 말해 사회적 약자에게 화를 표출하는 것이지.

아빠는 이런 이상동기 범죄를 접할 때마다 사실 지치고 힘들어. 매일 사회의 어두운 모습을 마주한다는 것은 정신적으로 힘든 일이야. 철학자 니체는《선악의 저편》이라는 책에서 "괴물과 싸우는 사람은 자신도 괴물이 되지 않도록 조심해야 한다. 만일 오랫동안 심연을 들여다보고 있으면, 심연도 네 안으로 들어가 너를 들여다본다"라고 했어. 책에서 말하는 괴물이 꼭 범죄자를 뜻하는 것은 아니지만, 어떤 일이든 본질이 중요하고 그 본질을 잃어버리지 말라고 경고하는 것 같아.

요즘 아이들의 장래 희망은 돈을 많이 버는 일이라고 들었어. 예전에는 돈보다도 사회적으로 명예로운 직업들을 더 선망했던 것 같은데 말이야. 온통 좋은 것만 뽐내는 SNS를 보면서 아이들이 돈을 많이 버는 직업을 선호하는 것도 이해해. 그럼에도 너는 어렸을 때부터 유독 아빠가 하는 일을 하고 싶어 했지. 그런 너를 볼 때마다 대견했어. 너는 누구보다 잘할 것이라고 믿지만, 사실 아빠로서는 아들에게 프로파일러라는 직업을 추천하고 싶지 않구나. 프로파일러는 늘 끔찍한 범죄 현장과 피해자의 아픔을 마주하며 범죄자와 두뇌 싸움을 해야 하는 일이기 때문이야. 이 편지를 읽고 적성에 맞지 않는다는 생각이 들면 과감하게 다른 길을, 더 즐겁고 흥미에 맞는 일을 선택해도 괜찮아. 그렇지만 한 가지는 분명해. 프로파일러는 누군가가 꼭 해야 하는 일을 하는, 보람 있는 직업이야. 여전히 우리 사회에서는 아동학대, 성폭력 등 각종 범죄가 끊임없이 생기고 있어.

괴물은 어느 시대, 어디에서나 존재해 왔고 그 괴물과 맞서는 현실의 '히어로'는 꼭 필요한 법이야. 너는 히어로의 자질을 지니고 있으니 무엇이든 잘할 수 있으리라 생각해. 어떤 선택이든 아빠는 너를 믿고 지지한다는 것을 꼭 기억해 주기를 바란다. 너를 늘 응원할게.

다른 사람의
이야기에

귀 기울이는

사람

판사 허승

15년 법조 경력의 대한민국 부장판사.
현재는 대법원에서 대법관을 보좌하는 재판연구관으로 일하고 있다.
서울대학교 법학과를 졸업하고 같은 대학원에서 석사 학위를 받았다.
사법연수원 37기로 공군 법무관을 지냈고 수천억 원에 달하는 조세
사건부터 층간 소음으로 시비를 가리는 민사 사건까지 크고 작은 재
판을 진행했다. 지금도 과연 올바른 재판이란 무엇인지 고민하며 공
부를 멈추지 않는 법관이다.

즐거울 때

올바른 결론에 이르렀다는 생각이 들 때,
오래 다툰 당사자들을 화해시켰을 때

힘들 때

사건 기록이 책상 위에 산처럼
쌓여 있을 때,
사건의 진실을 알기 어려울 때

필요한 능력

누구의 말이든 늘 귀담아듣는
경청 능력,
필요하다면 밤도 지새우는
성실 끝판왕 체력

💜
💜
💜

　　법원에 견학 온 학생들과 대화를 나누다 보면,
법조인에 대한 관심이 예전보다 커졌다는 것을 새삼
느낍니다. 영화와 드라마의 영향으로 생각됩니다. 법정을
배경으로 한 영화나 드라마가 점점 인기를 끌고 있거든요.
그렇다면 그 이유는 무엇일까요? 저는 우리 사회가 점점
발전하기 때문이라고 생각합니다. 예전에는 갈등이
생기면 주먹싸움으로 해결하는 장면이 등장하는 드라마가
적지 않았어요. 지금 보면 현실성이 너무 떨어집니다.
오늘날 갈등은 결국 법을 통해 법정에서 해결되고 있기
때문이에요.

　　요즘 영화나 드라마에도 생각보다 잘못된 정보가
적지 않습니다. 드라마를 보면 판사가 "피고인을 징역
10년에 처한다"라고 판결을 선고한 후, 법봉을 땅땅 치는

장면이 나옵니다. 법정 내 소란이 빚어졌을 때는 "조용히
하세요!"라고 경고하며 법봉을 치기도 합니다. 심지어
'판사봉'이라고 부르는 돌잡이 용품도 있죠. 그런데 실제로
재판에서는 판사가 이 법봉을 치는 모습을 볼 수 없습니다.
1966년부터 법정 내 권위주의를 줄이자는 생각에서
법봉을 쓰지 않고 있기 때문이에요. 그동안 막연히
알고 있던 판사의 모습이 실제와 다르다니, 흥미롭지
않나요? 이제부터 판사의 세계란 어떤지 좀 더 이야기해
보겠습니다.

판단하는 일을
하는 사람

판사는 어떤 일을 할까요? 판사는 한자로
판가름할 판判과 일 사事를 씁니다. 말 그대로 '판단하는
일'을 하죠. 판사의 일은 재판의 종류에 따라 크게 세
가지로 나눌 수 있습니다. 먼저 사람들 사이에 법적 다툼이
생겼을 때 누구의 주장이 옳은지 판단하는 일을 합니다.
아버지가 운전하던 차가 다른 차와 부딪히는 사고가

일어났다고 생각해 볼까요? 아버지와 상대방 운전자는 서로 잘못이 없다고 주장합니다. 이때 누구 잘못으로 교통사고가 일어났는지 판단할 사람이 필요해지죠. 바로 그 판단을 판사가 합니다. 판사는 누구에게 잘못이 있는지 판단한 후 잘못한 사람에게 그 책임을 지라는 판결을 내립니다. 이처럼 사람들 사이의 법적 분쟁을 해결하는 재판을 '민사 재판'이라고 합니다.

다음으로 범죄를 저지른 사람에게 형벌을 내리는 일을 합니다. 검사는 수사를 통해 범죄를 저질렀다고 생각하는 사람을 법원에 보냅니다. 이것을 '기소'라고 하며, 이때 기소된 사람은 '피고인'이 됩니다. 판사는 피고인이 정말 범죄를 저질렀는지 살피고, 범죄를 저질렀다고 판단되면 그에 맞는 형벌을 정하죠. 가벼운 범죄라면 벌금 10만 원을 선고할 수 있지만, 아주 무거운 범죄라면 사형도 선고할 수 있습니다. 이처럼 피고인에게 죄가 있는지 없는지를 가린 다음, 유죄로 인정될 경우 형벌을 내리는 재판을 '형사 재판'이라고 합니다.

국민이 국가 기관 같은 공권력과의 다툼이 생겼을 때도 누구의 주장이 타당한지 판단합니다. 예를 들어 여러분이 대학수학능력시험을 보았는데, 시험 감독관이 커닝을 했다고 오해하고 여러분의 성적을 무효로 처리하면

어떻게 해야 할까요? 국가 기관을 상대로 커닝을 하지 않았다고 다툴 수 있어야겠죠. 이렇게 국가와 국민 사이의 다툼을 다루는 재판을 '행정 재판'이라고 합니다. 행정 재판의 대표적인 예가 바로 조세 소송입니다. 국가가 부과한 세금을 다투는 소송이죠.

어려운 재판, 재밌는 재판

저는 수천억 원의 법인세 취소를 구하는 대형 조세 사건부터 재벌기업 대표에 대한 형사 재판, 이웃 간에 벌어진 층간소음 갈등까지 다양한 사건을 담당했습니다. 가장 스트레스를 많이 받았던 재판을 꼽으라면 단연코 형사 재판입니다. 혹시 '진술거부권'이라고 들어 봤나요? 검사나 판사의 질문에 답변을 거부할 수 있는 헌법상 권리입니다. 현실에서 진술거부권을 행사하는 사람은 거의 없습니다. 왜 그럴까요? 여러분이 친구랑 싸웠다고 생각해 보세요. 선생님이 여러분께 "왜 싸웠니?"라고 물었을 때, 여러분이 "선생님. 진술을 거부하겠습니다"라고 말하면 어떻게 될까요? 친구가 자신은 잘못한 게 하나도 없다고 말하는 상황이라면요. 당연히 여러분에게 불리하겠죠?

진술거부권이 유리할 때도 있습니다. 대표적인 예가 살인 사건입니다. 살인 사건에 목격자가 없다는 것은 살인을 증명해 줄 사람이 없다는 뜻입니다. 자신은 절대 죽이지 않았다면서 판사나 검사의 질문에 대답하지 않으면 진실을 파헤치기가 어렵죠. 예전에 언론에 보도된 살인 사건을 재판한 적이 있습니다. 재판에서 혹시나 잘못된 판단을 하지는 않을까 하는 걱정에 여러 날을 잠들지 못했죠. 제가 아무리 열심히 기록을 들여다보고, 증인의 말을 들어도 결국 저보다는 제 앞에서 재판을 받는 피고인이 진실을 더 잘 알기 때문입니다.

반면에 조세 사건은 흥미롭습니다. 조세 사건이 재미있다고 하면 놀라는 사람이 많습니다. 물론 세법이 민법이나 형법보다 조금 복잡하긴 합니다. 그런데 회계 지식만 어느 정도 쌓이면 정말 흥미진진한 분야가 세법입니다. 재판의 승패는 대부분 과거에 어떤 일이 있었는지에 달려 있습니다. 예를 들어 폭행 사건에서는 상대방을 때렸는지, 안 때렸는지를 밝혀서 유무죄를 판단하죠. 반면에 조세 사건은 조세심판원 같은 기관을 거치면서 이미 밝혀진 사실을 두고 치밀한 논리 싸움을 벌입니다. 이기기 위해 공부를 많이 해야 하죠. 그래서 저는 지금도 꾸준히 논문을 쓰고 학회에서 발표와 토론을 하며 공부를 계속하고 있습니다.

공정거래 사건 역시 매력적입니다. 대기업의 독과점처럼 경제 수업 시간에 배우는 것들이 우리 현실에 어떻게 나타나는지를 자세히 알 수 있죠. 기업의 인수와 합병에 국가의 허가가 왜 필요한지, 기업들끼리 협력하는 것을 왜 담합으로 처벌하는지 등 우리나라 경제와 깊게 얽혀 있습니다. 갑을 관계에서 일어나는 갑질 역시 공정거래법에서 다룹니다. 우리가 먹고사는 문제에 큰 영향을 준다는 점에서 부담이 되기도 하지만 그만큼 보람 있는 분야입니다.

한 번의 판결을
내리기까지

저는 판사가 된 지 10년이 넘었지만 여전히 재판이 어렵습니다. 법원에서 30년 넘게 일한 대법관님들도 재판이 곧잘 어렵다고 하는 것을 보면, 영원히 어려울 것 같습니다. 어떤 점이 어려울까요?

판사는 무조건 결론을 내려야 합니다. 모든 분쟁에는

대립하는 주장이 있고, 그 나름의 근거가 있습니다.
양쪽 주장이 모두 타당해 보여도 판사는 누구의 주장이
더 옳다는 판결을 내려야 하죠. 그것도 되도록 빨리
결론을 내야 합니다. 아내가 남편을 상대로 이혼 소송을
제기했다고 생각해 보세요. 이혼해야 한다는 아내의
주장이 옳은 것인지 잘 모르겠다는 이유로 판사가 10년
넘게 고민만 하고 있으면 어떻게 될까요? 부부는 이혼
소송만 하면서 평생을 보내게 됩니다.

판단을 내리는 것은 그 자체로 부담이기도 합니다.
특히 형사 재판의 스트레스는 정말 커요. 여러분이
판사라고 생각해 보세요. 김철수가 살인 혐의로
기소되었는데, 김철수는 절대 사람을 죽이지 않았다고
하소연합니다. 법정 한편에서는 김철수가 범인이라 믿는
피해자의 유가족들이 엄벌에 처해 달라고 호소해요.
또 다른 한편에서는 김철수의 가족들이 누명을 쓴
거라며 울고 있습니다. 김철수가 범인 같기는 한데, 뭔가
찜찜합니다.

무죄 추정의 원칙에 따라 유죄의 확신이 서지 않으면
과감하게 무죄를 선고해야 합니다. 하지만 현실적으로
재판에서 유무죄를 판단하는 것은 어려운 일입니다.
억울한 죄인을 만들어서는 안 된다는 부담감, 잘못된

판단으로 피해자가 죽어서도 억울함을 풀지 못하는 일만은 막아야 한다는 책임감 사이에서 잠 못 이룰 때가 많죠. 지방법원 판사들이 특히 괴로워하는 순간이 있습니다. 유죄로 선고한 사건을 고등법원이나 대법원에서 다시 무죄라고 판단하는 때죠. 나 때문에 죄 없는 사람이 부당하게 감옥에 갔던 것은 아닌지를 생각하면 한동안 잠을 이루기 어렵습니다. 하지만 그만큼 정의를 지킨다는 보람도 큽니다. 억울하게 범인으로 몰린 사람의 누명을 벗겨 준다거나 범죄자에게 죄에 맞는 형벌을 내리는 일은 누군가 반드시 해야 하는 일이니까요.

돌고 도는
판사의 일주일

판사의 일주일은 어떨까요? 판사가 하는 일은 보통 일주일을 단위로 돌아갑니다. 민사 사건을 맡으면 일주일에 하루, 형사 사건을 맡으면 일주일에 이틀 이상 재판을 하죠. 이렇게 이야기하면 재판을 하는 날 말고는 노는 게 아니냐는 오해를 받기도 합니다. 하지만 절대 그렇지 않습니다. 법원에서 상대적으로 업무량이 적다고

66

나 때문에 죄 없는 사람이
부당하게 감옥에 갔던 것은
아닌지를 생각하면 한동안
잠을 이루기 어렵습니다.
하지만 그만큼 정의를 지킨다는
보람도 큽니다.

99

알려진 민사 단독 판사를 예를 들어 볼까요?

　　민사 단독 판사 1명이 가지고 있는 사건의 수는 보통 수백 건 정도입니다. 새로운 사건이 계속해서 들어오기 때문에 일주일에 적게는 5건, 많게는 20~30건 넘게 판결을 선고하죠. 그렇지 않으면 담당 사건이 계속 늘어나는 구조입니다. 더군다나 재판 전날까지 진행할 사건을 완전히 파악하지 않으면, 정해진 시간 안에 재판을 마칠 수가 없습니다. 목요일에 재판이 있다면 월요일부터 수요일까지는 재판을 열심히 준비합니다. 그리고 재판을 마치면 판결문을 써야 하죠. 당연히 금요일 하루 만에 그 많은 판결문을 쓸 수는 없습니다. 그렇기 때문에 주말 근무는 필수가 되곤 합니다.

　　일이 많다 보면 따로 놀러 갈 시간을 내기가 어렵습니다. 그래서 점심시간이나 저녁에 동료 법관들과 모여 식사를 하거나 운동을 하면서 스트레스를 풀곤 합니다. 잠깐의 소소한 쉼으로 바쁜 오늘을 버텨 나가죠. 이 일을 오래 할 수 있었던 비결이 아닌가 싶습니다.

공대생에서
법대생으로

놀랍게도 저는 고등학교 때 이과생이었어요.
가장 좋아하는 과목이 수학, 두 번째로 좋아하는 과목이
물리였죠. 자연스럽게 공대에 들어갔습니다. 그런데
1학기를 다니다가 법대에 가기 위해 재수를 결심했어요.
돌이켜 보면 그때 제가 어떻게 재수를 할 결심을 했는지
모르겠습니다. 다만 이런 결심을 하게 된 계기가 있어요.
　대학에 들어간 저는 여러 교양 수업을 들었습니다.
그중에서도 사회과학 수업이 정말 재밌었어요. 논리와
법칙을 밝히는 수학, 물리와 달리 복잡하게 얽힌 우리네
삶의 문제를 다룬다는 점이 흥미로웠거든요. 그런데
수업을 들으면서 한 가지 불만이 생겼습니다. 바로 결론이
나지 않는 거예요. 인간이 선한지, 악한지처럼 수백
년 전 학자의 논쟁이 아직도 계속되는 것을 보니 조금
허무해 보이기까지 했죠. 그런데 법학은 다르다는 생각이
들었어요. 재판을 통해 이기거나 지는 결론이 나오잖아요.
사회 문제를 다루면서 결론까지 명확한 훌륭한 학문이라는
생각이 들었습니다. 그래서 굳은 결심을 하고 재수를 해서
법대에 갔죠.

법대에 가서 공부를 해보니 원래 생각했던 것 중에 절반은 맞고, 절반은 틀렸습니다. 결론이 나는 것은 맞았지만, 그 결론이 계속 변했거든요. 친구가 여러분의 핸드폰을 땅바닥에 던졌다고 생각해 볼까요? 아주 세게 던졌더라도 친구가 핸드폰을 학대했다고 생각하는 사람은 없을 거예요. 핸드폰은 생명이 없는 물건이니까요. 그런데 만약 친구가 핸드폰이 아니라 귀여운 강아지를 던졌다면 어떨까요? 동물 학대로 처벌받겠죠. 그런데 예전에는 동물 학대라는 개념조차 없었습니다. 강아지도 생명이 없는 물건과 법적으로 똑같이 취급했죠. 동물에 대한 사람들의 생각이 달라지면서 법이 바뀌었고 그에 관한 법적 판단이 달라진 거예요.

강아지는 오늘날 동물보호법에서 특별한 보호를 받고 있습니다. 지금도 민법에서는 강아지와 핸드폰을 똑같이 물건으로 분류하지만, 앞으로 동물권이 점차 인정된다면 법이 바뀌고 판결이 달라지겠죠. 법은 영원하지 않습니다. 사회 변화와 시대에 따라 사람들의 생각이 달라지고, 거기에 맞게 법도 조금씩 변화합니다. 법을 토대로 내리는 판결 역시 법이 바뀌면 결론이 바뀌고요.

검사, 변호사 말고
판사

　　오늘날 법조인은 로스쿨에서 양성합니다.
법조인이 되려면 로스쿨에 입학해 변호사 시험을 봐야
하죠. 변호사 시험에 합격한 후에는 변호사, 검사,
재판연구원 등 여러 길로 나아갈 수 있습니다. 다만 판사는
로스쿨을 졸업하고 5년 넘게 법조 경력을 쌓은 후에 지원할
수 있죠. 제가 공부하던 시절에는 변호사 시험 대신 사법
시험이 있었고, 사법연수원에서 법조인을 양성했습니다.
사법 시험에 합격한 사람은 모두 사법연수원에서 같은
교육을 받았습니다. 그리고 사법연수원을 나오면 판사,
검사, 변호사를 바로 지원할 수 있었죠.

　　　　저는 사법연수원을 마칠 때까지 군대를 가지 않아
군사법원에서 군판사로 근무했습니다. 군대를 마치고
나서는 판사, 검사, 변호사 중 어느 쪽으로 갈지를 두고
많은 고민을 했죠. 한편으로는 검사가 되어서 적극적으로
진실을 밝히고 정의를 실현하고 싶기도 했습니다. 과거
사법연수원에서는 연수생들에게 법원, 검찰, 로펌에서
두 달씩 일을 배울 수 있게 했습니다. 여러 일을 직접
경험해 볼 수 있는 좋은 기회였죠. 저 역시 약 두 달간

검찰에서 일을 배웠습니다. 그때 지켜본 검사의 모습이 정말 매력적이었어요. 지도검사님이 조직폭력배에 대한 구속영장을 청구하고 영장이 발부되기를 기다리며 범죄 조직을 소탕할 계획을 세우는 모습이 정말 멋있어 보였습니다. 로펌 변호사도 근사해 보였어요. 로펌 변호사가 되면 기업의 인수 합병이나 특허 분쟁과 같이 폼 나는 일을 하면서 충분한 경제적 보상을 받을 수 있을 것 같았습니다.

하지만 저는 결국 법원을 선택했습니다. 주위 어른들의 권유도 있었지만, 법원에 가야 법을 제대로 공부할 수 있다는 생각이 들었기 때문입니다. 무엇보다 자율성과 독립성을 가지고 양심에 따라 일을 할 수 있다는 점이 매력적으로 다가왔죠.

판사의 장점은 자율성과 독립성입니다. 판사는 하나의 헌법상 독립 기관으로 양심에 따라 판결을 내릴 수 있어요. 가끔 드라마에서 판사가 누군가의 지시나 뇌물을 받고 판결을 내리는 모습이 나오지만, 현실에서는 있을 수 없는 일이죠. 사회의 주요한 결정을 나의 양심에 따라 판단할 수 있다는 것은 대단한 일입니다. 기업에 부과된 수천억 원의 과징금이 부당하다며 전부 취소할 수도 있고, 재벌 총수에게 수십 년에 이르는 징역형을 선고할 수도 있죠.

66

사회의 주요한 결정을
나의 양심에 따라 판단할 수
있다는 것은 대단한 일입니다.

99

사람의 성별을 바꾸는 일도 판사가 합니다. 하지만 권한이
크고 그 권한을 단독으로 행사하는 만큼, 그 책임은 오로지
판사의 몫입니다. 그렇기 때문에 판사가 되면 누구보다
스스로에게 부끄럽지 않은 재판을 하기 위해 최선을
다합니다.

판사라서, 판사니까
당연한 고민

학생들에게 간혹 이런 질문을 받곤 합니다. "왜
법원은 약자를 보호하지 않고 강자의 편을 드나요?"라는
질문이죠. 정말 그럴까요? 강자의 편을 들기 위해 판결을
선고하는 판사는 사실 한 명도 없을 거예요. 이 주제로
이야기하자면 몇 시간씩 이야기할 수도 있습니다.
그중에서도 여러분이 꼭 생각해 봤으면 하는 문제가
있어요. 약자의 편을 드는 판결은 과연 타당하냐는 것이죠.
예를 들어 부자인 건물주와 가난한 임차인 사이에
분쟁이 생겼다고 생각해 보세요. 임차인은 당장 먹고살
게 없는 반면, 건물주는 수백억 원이 넘는 건물을 가지고
있습니다. 여러분이 가난한 임차인을 도와줘야겠다고

생각한다면, 판사로서 임차인을 어떻게 도울 수 있을까요?
재판에서 임차인의 손을 들어 주면 됩니다. 간단하죠.
하지만 그 방법에는 굉장히 큰 문제가 있습니다. 판사는
자신의 월급을 아껴 임차인을 도와준 것이 아닙니다. 바로
판결을 통해 건물주의 재산을 강제로 빼앗아 임차인을
도운 거예요.

우리 사회에 경제적 약자가 있다면 사회 구성원
모두가 힘을 합쳐 도와야 합니다. 어느 한 사람에게 그
부담을 일방적으로 지울 수는 없어요. 재판에서 판결로
약자를 돕는다는 것은 상대방에게 그 부담을 모두
지운다는 뜻입니다. 판사가 약자를 도와야 한다는 신념을
가지고 있더라도 재판에서 그 신념을 실현하는 것에는
신중해야 합니다. 판사의 권한이 헌법과 법률에 따라
주어진 만큼 판사는 항상 올바른 결론이란 무엇인지
고민해야 합니다.

판사에
어울리는 사람이란

어떤 사람이 판사에 어울리는지 물어보면 사실 대답하기 어렵습니다. 법원에서 다루어야 하는 사건이 너무 다양하기 때문입니다. 예전부터 반복된 분쟁이라면 이른바 공부 좀 하는 모범생이 잘 해결할 수 있겠죠. 그동안 법원에서 어떤 판결이 내려졌는지 공부하면 되니까요.

하지만 새롭게 생겨나는 분쟁이라면 어떨까요? 예를 들어 비트코인을 둘러싼 분쟁, 게임 산업에서 발생하는 분쟁 등은 진취적이고 적극적인 사고를 하는 사람이 잘 판단할 수 있습니다. 인간에 대한 철학적 고민을 해야 하는 사건도 적지 않습니다. 같은 성별을 가진 사람끼리 혼인을 맺는 동성혼, 개인의 신념에 따라 병역의 의무를 거부하는 양심적 병역 거부 등을 다루는 사건은 교과서에서 배우는 지식만으로 해결하기 어렵죠. 인간과 사회에 대한 진지한 고민과 성찰이 필요합니다.

그러니 적어도 성실함과 겸손함은 필요하다고 말할 수 있습니다. 판사가 가진 권한은 대단합니다. 살인자에게 일정한 기간 동안 형의 집행을 미루는 집행 유예를 선고할

수도 있고, 사형을 선고할 수도 있습니다. 남성에서
여성으로 성별을 정정해 줄 수도 있습니다. 헌법과 법률이
정한 범위 안이라면 그 권한을 자신의 생각대로 행사할
수 있죠. 그렇기에 판사는 한 번의 판단을 내리기까지
끊임없이 의심하고 고민합니다. 누구도 야근을 강요하지
않지만 수많은 판사가 밤을 지새워 가며 판결을 준비하죠.
판사는 누구보다 자신의 한계를 인정하고, 자신의 결론이
틀릴 수 있다는 생각에서 다른 사람의 비판에 늘 귀를
기울여야 합니다. 쉬워 보이지만 가장 어려운 일이죠.

국민을 지키는
정의의 저울

판사를 꿈꾼다면 꼭 들려주고 싶은 이야기가
있습니다. 법원은 국민의 자유와 권리를 보장하는 마지막
보루입니다. 그런데 법원에는 경찰이나 군대 같은
강제력도 없고, 국회나 행정부가 가진 경제력도 없습니다.
법원이 국민을 보호할 수 있는 힘은 오롯이 국민의
신뢰에서 나오죠. 그리고 국민의 신뢰는 법원의 판단이
공평하고 합리적일 때 비로소 얻을 수 있습니다.

공평하고 합리적인 판단을 위해서는 무엇이 필요할까요? 먼저 사건의 진실을 파악하기 위해 관련 증거를 빠짐없이 신중하게 검토해야 합니다. 그리고 그 사건에 적용되는 법률의 요건을 하나하나 따져서 정의의 저울 위에 조심스럽게 올려야 합니다. 하지만 이것만으로는 부족합니다. 결론이 정의에 부합하는지 한 번 더 살펴봐야 하죠. 내가 들고 있는 저울이 처음부터 사회적 약자와는 반대쪽으로 기울어져 있는 것은 아닌지 늘 고민해야 합니다.

바른 판단을 내리기 위한 노력을 계속해야만 국민의 신뢰를 얻을 수 있고, 국민의 신뢰를 얻어야 비로소 국민의 자유와 권리를 보호할 수가 있습니다. 판사뿐 아니라 법원에서 일하는 사람이라면 반드시 지켜 내야만 하는 가치죠. 그러니 판사를 꿈꾼다면 늘 다른 사람의 이야기에 귀 기울여야 합니다. 법정에 선 사람의 경제적 자산과 지위가 어떻든 모두 똑같은 국민의 한 사람이니까요.

판사에 대해 제대로 소개했는지 모르겠네요. 다음에 기회가 된다면 더 많은 이야기를 나누고 싶습니다. 여러분의 앞날에 기쁨과 행복이 가득하길 바라겠습니다.

지극히
평범한 일을

하고
있습니다

특수교사

권용덕

아이들과 함께할 때 빈틈없이 행복한 특수교사.
일한 지 20년 가까이 된 지금도 여전히 특수교육은 어렵지만, 아이들
의 성장을 도울 때 세상 누구보다 즐겁다. 학교를 졸업한 제자가 사회
에서 살아가는 데 필요한 정보를 전달하는 유튜브 채널 〈졸업 후 TV〉
를 운영하고 있다. 아이들과 꾸준하게 소통하며 자연스럽게 그들을
돕는 '보이지 않는 지원자'가 되고 싶다.

즐거울 때

아이들과 즐거운 추억을 만들 때,
어엿한 성인이 된 제자를 볼 때

힘들 때

"아, 학교 가기 싫다!"
월요일 아침이나 개학일이 되었을 때

필요한 능력

유연하고 긍정적인 생각,
아이들을 사랑하는 마음

"우, 투 더 영, 투 더 우!"

"동, 투 더 그, 투 더 라미!"

"하!"

이런 대화를 들어 봤나요? 맞아요, 드라마 〈이상한 변호사 우영우〉를 본 사람이라면 알고 있을 '우영우 인사법'이에요. 방금 소개한 인사법을 알고 있다면, 자기도 모르게 리듬을 넣어 읽었을지도 모르겠네요. 어쩌면 드라마 속 '우영우'와 '동그라미'처럼 경쾌하게 움직였을지도요.

〈이상한 변호사 우영우〉는 자폐성 장애가 있는 변호사가 다양한 사건을 해결하는 이야기예요. 이 드라마의 인기로 많은 사람이 장애에 관심을 가지기 시작했답니다. 장애가 있는 아이들을 가르치는

'특수교사'에 대한 관심도 높아졌고요. 특수교사는 어떤 일을 하는 사람인지, 한번 이야기해 볼까요?

좋은 일만 하는
천사라고요?

제가 특수교사라고 직업을 밝혔을 때 가장 많이 듣는 말이 "좋은 일 하시네요"와 "천사 같아요"랍니다. 뭐, 틀린 말은 아니지요. 우리는 모두 자기 일을 소중히 여기며 살아가고, 모든 직업은 귀하니까요. 하지만 그런 반응에는 '장애는 슬프고 힘든 것'이라는 편견이 깔려 있습니다. 특수교사를 '슬프고 힘든 일'을 겪는 학생을 가르치는 사람이라고 단편적으로 생각하는 것이지요. 특수교사는 꼭 좋은 일만 해야 하는, 언제나 천사 같은 마음으로 살아야 하는 사람이 아닙니다. 일이라는 건 무엇이든 즐거울 수도, 괴로울 수도 있어요. 모든 건 마음먹기에 달려 있답니다. 이건 특수교사뿐만 아니라 모든 직업이 마찬가지예요.

언론에서는 아직도 장애를 어둡고 슬프게만 표현하고 있습니다. 장애가 있는 사람을 도움이 필요한 불쌍한 사람으로 묘사하지요. 그리고 '장애를 앓는', '병신',

'외눈박이', '꿀 먹은 벙어리' 등과 같은 혐오 표현을
계속해서 사용하고 있습니다. 장애를 다룬 공익광고에서도
늘 슬픔이 묻어납니다. 하지만 장애는 나쁜 것도 슬픈 것도
아니며, 수혜나 연민의 대상도 아닙니다. 장애인은 그저
조금 다르지만 평범한 사람입니다.

저는 어머니의 권유로 특수교사가 되었어요. 이모에게
지체장애가 있는데, 어릴 적에 그런 이모를 두고 "엄마,
이모는 왜 저래?"라고 물었던 적이 있었습니다. 그때
어머니께서는 잠시 망설이다가 외갓집 마당 한쪽의
감나무를 가리켰어요. 그러고는 "응, 이모가 어릴 때 저짝
감나무에서 떨어져서 그렇대이"라고 대답해 주셨지요.
어린 저에게 비친 이모는 무릎으로 걷고 발음이 어눌한
사람이었는데, 그때 그 질문이 얼마나 어리석고 어머니의
마음을 아프게 했는지 20여 년이 지나서야 알았습니다.
그 시절은 장애를 쉬쉬하며 지내던 때였어요. 장애를
어떻게 설명하면 되는지 누구도 몰랐고 알려주지도 않았던
시절이었어요. 당시 어린 저에게는 어머니의 그 대답이
최선이었으리라 생각합니다. 어머니는 세상 그 누구보다
이모를 아끼고 챙긴답니다. 저도 이모를 매우 좋아하고요.
어머니는 특수교사로 일하는 제게 이렇게 말씀하십니다.
"나중에 니가 이모 잘 해줘래이. 니가 잘 아니까 이모 잘

챙겨 줘야 된다."

시간이 좀 더
걸릴 뿐입니다

아이들은 저를 '선생님'이라고 부릅니다.
선생先生은 한자어의 뜻 그대로 '먼저 생을 살아본
사람'이라는 뜻이에요. 먼저 살며 경험한 것들을 전하고
나누는 것이 선생의 역할이지요. 장애가 있건 없건
누구나 교육을 받고 보통의 삶을 살아갈 권리가 있지요?
특수교사는 그 권리를 지키는 사람입니다.

일반 학교에는 종종 특수학급이 있습니다. 특수학급의
친구들은 대부분 지적장애나 자폐성 장애가 있는
학생들이에요. 이러한 장애를 '발달장애'라고 부르지요.
발달장애가 있는 친구들은 일반 학급의 학생처럼 공부하는
것이 어렵습니다. 그래서 발달장애 학생들을 위한
교육과정과 교과서가 만들어졌습니다. 특수학급에서는
주로 이 교과서로 공부하고 있어요. 대학수학능력시험을
준비하는 공부는 아니고, 일상을 살아가는 데 필요한
지식을 배웁니다. 등하교 방법, 식사와 생활 예절, 몸단장,

씻기, 사람을 대하는 기술 등이지요.

그리고 특수학급의 정원은 4~7명으로 정해져 있어요. 왜 이렇게 적은 인원일까요? 장애가 있는 친구들은 저마다 장애 정도와 능력의 차이가 커서 각자에게 맞는 교육을 받아야 하기 때문이에요. 특수교사는 학생 한 명 한 명을 다른 눈높이에서, 편견 없이 바라봐야 합니다. 장애가 있다고 해서 '못 할 거야'라고 단정 짓고, 학생의 능력과 한계를 미리 짐작해 교육하면 그 학생은 성장할 수 없습니다. 학생과 적극적으로 소통하고, 그 학생의 기준에서 무엇을 가르쳐야 할지 고민해야 해요.

장애 학생이라고 해서 배우지 못할 일은 없습니다. 다만 시간이 좀 더 걸릴 뿐입니다. 한 학생은 원래 혼자서 버스를 타지 못했는데, 제가 학부모와 함께 2년 동안 꾸준히 교육한 결과 스스로 버스를 타고 등하교를 하는 데 성공했어요. 그 학생은 이제 누군가의 도움 없이 혼자서 버스를 이용할 수 있어요. 별거 아닌 것 같지만, 생각해 보세요. 가고 싶은 곳에 혼자서 갈 수 없어서 늘 누군가에게 도움을 요청해야 하는 마음이 어떨까요? 그 학생이 처음으로 혼자 하교한 날, 학생의 어머니에게서 받은 문자는 아직도 잊을 수 없답니다.

"선생님 안녕하세요! 오늘 아이가 혼자 버스를 타고

66

장애 학생이라고 해서
배우지 못할 일은 없습니다.
다만 시간이 좀 더
걸릴 뿐입니다.

99

집에 왔어요. 졸업 전에 성공했습니다! 오다가 편의점에서
초코우유까지 사 들고 와서 씩 웃고, 바로 헬스장에
갔어요. 많이 컸지요?"

　　하지만 장애라는 한계는 인정해야겠지요. 아무리
배우려고 해도 터득할 수 없는 것이 있습니다. 그런데
'할 수 있다'는 기준을 바꿔 보면 어떨까요? 꼭 무언가를
혼자서 해야만 한다는 기준에서 벗어나 볼까요? 어떤
목표를 달성하기 어렵다면, 도움을 받거나 다른 방법을
동원할 수 있습니다. 혼자서 지하철 타는 게 어렵다면
지하철 탑승을 도와 주는 활동지원사를 부르면 됩니다.
스스로 돈 관리가 어렵다면 돈 관리 서비스를 사용하면
됩니다. 혼자서 물건 값을 계산하는 게 어렵다면 카드를
사용하는 방법을 배우고, 요리해서 밥을 차려 먹는 게
어렵다면 반조리식품을 먹거나 배달앱을 활용하면
되겠지요? 물론 스스로 할 수 있다면 가장 좋겠지만
섣부르게 포기할 순 없어요. 이렇게 특수교사는 아이들을
가르치고 돕는 새로운 방법을 늘 찾아야 해요. 그 과정이
즐거움이 되기도 한답니다.

힘듦을 넘어서는
행복이 있는 하루

특수교사는 학교라는 직장에서 근무하는
직장인으로서 고정된 일과를 소화합니다. 아침에 출근하면
날씨를 확인하고, 학부모에게 아이들의 옷차림이나 준비물
등을 안내하지요. 아이들이 학교에 오면 오늘의 시간표와
일정을 함께 확인하고 하루를 보낼 수 있도록 지도해요.
교과서, 이동수업 때 가야 할 교실, 학교 행사 등 아이의
학교생활에 필요한 이것저것을 챙깁니다. 그리곤 준비한
수업을 하지요. 특수학급의 학생은 일반 학급에서 공부할
때도 있는데, 특수교사는 아이들이 일반 학급에서도
잘 지내는지 살펴보고 아이들과 수시로 상담합니다.
아이들에게 말하지 못하는 어려움이 있는지 늘 세심하게
살펴야 해요. 점심시간이 되면 식사 지도를 하기도
하고요. 혼자서 밥을 먹는 게 어려운 학생을 도와 주고,
식사 예절을 잘 지킬 수 있도록 지도합니다. 입맛에 맞는
음식만 너무 자주 먹으려 하는 학생이 있었는데, 그 학생이
편식하지 않고 적당량만 먹을 때까지 몇 달이고 함께 밥을
먹은 적도 있어요.

아이들이 집으로 돌아가고 나면 다음 수업을

준비하거나 학교 업무를 해요. 교사는 수업만 한다고 생각하는데, 교사들이 학교 업무를 잘 해내야 여러분이 즐거운 학교생활을 할 수 있습니다. 예를 들어 여러분이 좋아하는 소규모 테마학습은 누가 계획하고 진행할까요? 바로 교사들이지요. 즐겁고 편안한 여행은 그냥 이루어지는 게 아니랍니다.

방금까지 소개한 일과는 일반 학교의 특수학급에서 근무하는 경우예요. 장애 학생들만 다니는 '특수학교'에서는 일과가 조금 다릅니다. 특수학교에서의 첫 일과는 학교 버스에서 내리는 아이들을 마중 나가는 일이에요. 같은 반 아이들은 함께 수업을 듣고 식사도 하면서 하루를 보낸답니다. 소풍이나 소규모 테마학습, 수련회도 가고요.

학교 근처로 현장학습을 갔는데, 한 친구가 배탈이 났어요. 그 친구는 원래 화장실에 갈 때 약간의 도움이 필요했는데, 그날은 배탈이 너무 심해서 그만 옷에 실수해 버렸어요. 그날 학생이 4번이나 설사를 하는 바람에 현장학습 내내 옷을 갈아입히고 씻기면서 빨래를 했던 기억이 납니다. 남들은 그게 무슨 추억이냐 하겠지만, 재밌다고 생각하면 다 재미난 일이 되더라고요. "싸고 싶어서 쌌을까, 그것도 4번이나. 그럴 수도 있지, 뭐."

유연하고 긍정적인 마음가짐은 교사로 일할 때 큰 도움이 됩니다.

수련회에 갔을 때는, 어떤 학생이 갑자기 달라진 환경 탓에 잠들지 못했어요. 수련관은 산중에 있어 위험했기 때문에, 저는 그 학생이 밤에 건물 밖으로 나가는 것을 막으려고 문 앞을 밤새 지켰어요. 덕분에 돌아오는 버스 안에서 푹 잤던 기억이 나요. 특별한 추억을 만든 소규모 테마학습도 있습니다. 특수학급 친구들은 일반 학급 친구들과 여행을 즐겼고, 잠도 함께 자기로 되어 있었습니다. 그런데 첫날 취침 시간에 몇몇 특수학급 학생이 베개를 들고 제 방에 온 거예요. 선생님이 좋아서 왔다고는 하지만, 아마도 일반 학급의 아이들과 어울리는 게 조금은 힘든 탓이었겠지요. 그렇게 하나둘 오기 시작하더니 결국은 모든 아이가 모였답니다. 아이들이 침대 위로 우르르 올라오는 바람에 저는 찬 바닥에 자게 되었지만, 모두가 함께해서 즐거운 밤이었어요.

이렇듯 특수교사는 몸이 고될 때도 있지만 '힘듦을 넘어서는 즐거움'을 느끼기도 하는 직업입니다.

특수교사만이
누리는 즐거움

특수교사에게는 학교에서 아이들을 가르치고 지도하는 것 말고도 해야 할 일이 있어요. 바로 장애에 관한 사회적 인식을 개선하고, 학생이 졸업한 후에도 사회에 잘 자리 잡을 수 있도록 돕는 일이에요. 이 두 가지에 강제성은 없지만, 누군가는 꼭 해야 할 일이랍니다. 사회적 편견과 차별이 모두 사라진다면, 아이들이 사회에서 잘 살아갈 수 있게 되겠지요.

장애를 올바르게 이해하기 위한 '장애인식개선교육'은 학교에서 한 번쯤은 들어봤을 거예요. 한두 번의 교육만으로 장애에 대한 편견을 모두 없애기는 쉽지 않기에 다양한 활동이 필요합니다. 그래서 저는 특별한 직업교육을 했어요. 특수학급 아이들과 함께 카페를 운영하고 그 수익을 매년 모아 아이들 이름으로 여러 곳에 기부했답니다. 생활이 어려운 학생에게 장학금으로 주기도 하고, 도움이 필요한 기관에 기부하기도 했습니다. 그리고 코로나가 한참 기승이던 어느 추운 겨울에는 검진소 앞에서 대기하는 1만 명의 사람들에게 핫팩을 전달하기도 했습니다. 이러한 활동은 장애 여부가 도움의 대상을 판단하는 기준이 아니라는 것을 많은 사람이 깨닫는 계기가 됩니다. 기부에 대한 편견도 마찬가지입니다. 장애가 있든 없든 도움을 줄 수 있는 사람이 도움이 필요한 사람을 돕는 것이지요.

　그리고 저는 아이들에게 시를 가르쳤습니다. 시가 다들 어렵다고 하지만, 시는 어떻게 쓰든 다 시가 될 수 있습니다. 그렇기에 아이들 누구든 쓸 수 있습니다. 1년 동안 시를 꾸준히 배우고 쓴다면 어떻게 될까요? 아이들은 느리지만 자신만의 시를 만들어 낸답니다. 이 시를 모아 시화전을 하면, 많은 선생님과 학생 들이 놀라워해요. 특수학급에 있는 아이들이 쓴 시라는 사실에 먼저 놀라고, 시의 수준에 또 한 번 놀라게 되지요. 이처럼 어떤 일을 할 때 장애 여부는 중요하지 않다는 점을 모두가 알아야 해요. 그리고 장애에 대한 고정관념을 깨는 것은 아이들이 사회에 나가 잘 살아가는 데 필요하기에 특수교사가 해야 할 즐거운 임무라고 할 수 있습니다.

코스모스

코스모스는 10월에 피는 꽃이다.
코스모스는 보라색이다.
코스모스는 언제봐도 이쁜 꽃이다.
10월에 피는 꽃, 코스모스
보라색 꽃, 코스모스
언제봐도 예쁜꽃, 코스모스
너는 나의 코스모스, 너라는 꽃

판다

웃음이 나는 판다,
귀여운 판다.

다크써클 가득한 판다,
피곤한 판다.

사랑스러운 판다,
중국에서 판다.

멀어서 못가네, 택배로 되려나
갖고싶은 판다.

만들레

봄에 피는 만들레 꽃
엄마 닮았어요.
들에 핀 꽃 중에 제일 예쁜 꽃
엄마 닮았어요.
노란색은 엄마의 미소
엄마 닮았어요.
항상 웃는 모습
꽃이 닮았어요. 엄마 닮았어요.
　　　　　⋮

어엿한 성인이 된 제자

장애 학생들이 학교를 졸업하면 여느
아이들처럼 대학에 진학하거나 취업을 해요. 직업교육을
계속 받거나, 일정 시간 동안 장애인을 보호해 주는
기관에 가서 다양한 활동을 하기도 하고요. 졸업한
학생들의 삶을 돕는 것도 특수교사의 역할이에요.
진로·취업·이직·주거·여가·건강·자립 등 사회에서 자리
잡기 위해 준비할 것은 너무나 많답니다. 저는 20년 가까이
이 일을 하면서, 졸업한 제자들과 계속 연락하며 지내고
있어요. 아이들이 성인이 되어 일하며 살아가는 모습을
지켜보면서 조언해 주고 있답니다.

여러 아이 중에 특히 자주 연락하는 제자가 있는데,
부모와 형제 모두 장애가 있다 보니 좀 더 가까이 지내고
있어요. 고등학생 때 처음 만났을 때부터 함께 진로를
고민했지요. 이 제자는 다행히 졸업과 동시에 취업했고,
가족에게서도 독립해 공동생활가정이라는 곳에서 잘
살아가고 있어요. 매달 받는 월급도 스스로 잘 관리하고
있습니다. 돈과 여가 시간에 대한 계획을 스스로 세울
수 있기까지 3년이라는 시간이 걸렸지만, 저는 힘들지
않았어요. 지금도 매일 전화를 주고받으며 안부를

묻습니다. 가끔은 함께 맥주도 마시면서, 앞으로 어떻게 살아갈지 진지하게 의논하다가 시시콜콜한 연애 이야기를 나누기도 해요. 이렇듯 아이들이 학교를 졸업하고 사회인으로서 살아가는 모습을 보는 것도 특수교사가 누리는 즐거움입니다.

새로운 경험과 성장이 있는 방학

"아, 학교 가기 싫다."
"가야지, 네가 선생님인데?"
한 유명 업체의 광고인데요. 교사들에게 학교는 직장입니다. 특수교사도 마찬가지고요. 저도 아침, 특히나 월요일 아침은 정말 출근하기 싫을 때가 많아요. 그리고 개학일은 더더욱 싫고요. 여러분만 그런 게 아니랍니다.
이 책을 읽는 청소년 독자 여러분만큼 교사도 하루하루 방학을 기다린답니다. 물론, 열심히 수업하고 아이들을 돌보는 와중에요. 특수교사가 방학 때 무엇을 하며 지내는지 궁금하지 않나요? 저는 보통 다른 교사들처럼 연수를 들어요. 교사는 1년에 적게는 60시간,

66

아이들이 학교를 졸업하고
사회에서 자리를 잡아 가는
모습을 보는 것도 특수교사가
누리는 즐거움입니다.

99

많게는 120시간 이상 연수를 듣는데, 학기 중에는 바쁘다
보니 방학을 이용하는 거예요. 수업을 위한 연수도 있지만,
체육활동과 같은 취미나 여행, 글쓰기를 위한 연수도
듣지요. 그러면서 자기계발을 계속해 나간답니다.

　방학 때는 여행을 떠나기도 해요. 저도 한때
배낭여행에 심취했을 때는 방학 기간인 한 달 내내 해외를
누볐어요. 여행은 단순히 놀기만 하는 것이 아니라 그곳의
문화를 직접 보고 느끼는 배움의 과정이기도 했습니다.
저는 여행으로 체험한 것을 수업에 활용해 아이들이
다양한 간접경험을 할 수 있도록 했습니다.

　방학 때는 아이들에게 필요한 자격증 공부를 함께
하고, 다음 학기 수업을 준비하고, 아이들의 취업을
지원하기도 합니다. 졸업하고 취업한 친구들을 찾아가서
응원하기도 하고요. 학생과 마찬가지로 교사에게도 방학은
즐겁고 새로운 경험을 할 수 있는 기간입니다.

누구나 할 수 있는 일

　특수교사는 결코 특별한 직업이 아니에요. 누구나
할 수 있는 일입니다. 얼마나 즐거운 마음으로 할 수

있는지가 중요해요. 특수교사는 아이들을 보며 많이 웃을 수 있는 매력적인 직업입니다. 그리고 긴 시간 안정적으로 근무할 수 있고요. 아이들과 함께 끊임없이 성장할 수 있으며, 아이들의 작은 변화에 크나큰 행복을 느낄 수 있답니다.

특수교사가 되기 위해서는 즐거운 마음가짐 하나면 됩니다. 그 마음 하나로 아이들과 함께하다 보면 일의 재미를 찾게 되고, 계속해서 무언가 열심히 하게 된답니다. 특수교사에게 가장 중요한 것은 사명감이나 봉사 정신이 아니라 아이들을 아끼고 사랑하는 마음이에요. 일하다 보면 누구나 겪는 어려움도 순수한 아이들을 보면서 떨쳐 낼 수 있습니다.

저는 앞으로도 계속해서 교실에서 아이들과 신나고 즐겁게 생활할 거예요. 여러분도 이 즐거움을 느껴 보길 권해 봅니다. 현장에서 함께할 수 있길 바랄게요!

목소리만이

전할 수

있는 것

성우

심규혁

10년 넘게 작품 속 캐릭터의 목소리를 연기한 성우.
대원방송 2기 성우로 출발해 애니메이션, 영화, 드라마, 게임 등 다양
한 작업을 활발히 해왔다. 〈빅 히어로〉 히로, 〈알라딘〉 알라딘, 〈언어
의 정원〉 타카오, 〈시간을 달리는 소녀〉 치아키, 〈콜미 바이 유어 네
임〉 엘리오, 〈유미의 세포들〉 이성세포 등 여러 작품 속 캐릭터를 연
기했다. 더 좋은 목소리를 내기 위해 글쓰기를 하며, 잡지 〈빅이슈〉에
에세이를 연재했다.

즐거울 때

목소리를 통해 다른 사람이 되어
다른 삶을 살아 보는 모든 순간

힘들 때

아파도 쉴 수 없고
마음대로 휴가를 떠날 수 없는
프리랜서의 삶

필요한 능력

대본 속 상황과 캐릭터의 입장을
이해하는 능력,
목소리로 강점을 드러내고
말의 뉘앙스를 살리는 능력

"따뜻한 아메리카노 한 잔 마시고 갈게요."

오늘 아침 카페에 들러 했던 말인데요, 이 간단한 말에 알고 보면 많은 이야기가 담겨 있답니다. 만약 "아메리카노 한 잔이요"라고 했다면 주문받는 분이 되물었겠죠? "따뜻하게 드릴까요, 시원하게 드릴까요?" 그래서 저는 미리 '따뜻한'이라고 덧붙였습니다. '마시고 갈게요'란 말에도 속뜻이 있습니다. 이렇게 말하지 않으면 머그컵에 담아야 할지 일회용기에 담아야 할지 모르거든요.

이게 다가 아닙니다. 커피를 사면서 저를 소개하거나 명함을 내밀지는 않습니다. 하지만 어투로 내가 어떤 사람인지 짐작할 만한 정보를 주죠. 상대를 무시하거나 모욕하는 단어가 전혀 없는 이 말도, 듣는 사람이 치욕을 느낄 만큼 악하게 표현할 수 있습니다. 반대로 그저

161

커피를 주문하는 이 말이, 상대의 자존감을 높이고 하루를 응원하는 주문呪文이 될 수도 있습니다.

한마디 말이 마법처럼 상대를 저주하거나 축복하진 못하겠지만, 적어도 말하는 이가 어떤 사람인지는 고스란히 보여 줍니다. 그리고 어투는 성격과 인성뿐만 아니라 교양 수준과 나이대, 직업군까지 어느 정도 예측할 수 있게 합니다.

짧은 말에 생각보다 정말 많은 것이 담겨 있죠? 커피가 컵에 담겨 나오듯, 이렇게 많은 의미를 담아내는 말은 다시 '목소리'에 담겨 전달됩니다. 성우라는 직업은 바로 이런 목소리를 섬세하게 다루는 일을 한답니다.

지금 이 순간을 살아 보세요, 큐!

저는 성우입니다. 10년 넘게 이 일을 해오면서 직업과 관련한 많은 체험을 했습니다. 그러나 저에게는 너무 익숙한 이 세계를, 어렴풋이 알거나 전혀 모르는 청소년들에게 설명하기란 무척 막막한 일이에요. 그러다가 이렇게 생각해 보기로 했어요. 아직 어린 저의 딸들이 자라서 십대가 되었을 때, "아빠가 하는 일은 어떤 일이야?"하고 묻는다면 어떻게 대답할지 생각해 보자.
그랬더니 아이디어가 떠올랐습니다. '잠시 역할극을 해
보면 어떨까?'

성우는 목소리를 통해 '연기'하는 직업입니다. 연기는
다른 사람이 되어 보는 일이에요. 이제부터 저는 사춘기
아이를 둔 아빠가 되어 보겠습니다. 여러분은 저의 아이가
되어 주세요. 시간은 햇살이 좋은 봄날 오후로 할게요.
장소는 어느 한적한 카페입니다. 그림이 그려지나요?

이제부터 저는 상상 속 무대에 올라 성우에 관한
이야기를 들려주려 합니다. 성우는 구체적으로 어떤 일을
하는지, 어떤 사람이 성우가 되었을 때 성공할 수 있는지,
그리고 성우 일을 잘해 내기 위해 청소년 시기에 어떤
준비를 해야 하는지와 같은 이야기를 할 거예요.

글자만 읽지 말고 음성을 상상하며 들어 주세요.
연기자에게 상상력은 아주 중요하답니다. 글자가 품은
소리를 생생하게 듣는 팁을 하나 줄게요. 듣고 있는
이야기와 최대한 비슷한 경험을 떠올리면서 동시에 내가
실제로 그 일을 겪었다고 생각해 보는 거예요. 지금 겪고
있다고 생각하면 더 좋고요. 그 순간을 살아 보는 게 바로
연기거든요.

준비되었나요? 녹음을 시작할 때 감독은 이렇게

163

외친답니다. "큐!"

프리랜서의 하루,
성우의 일상

네가 네 살 때였어. 아빠가 집에 들어오면 항상
웃으며 맞아 주고 살갑게 안아 주던 네가, 어느 날 갑자기
나를 못 본 척하는 거야. 속으로 놀라고 당황했지만 분명
이유가 있을 거라고 생각하면서 너를 지켜봤어. 며칠이
지나도록 네가 계속 시무룩해서 마음이 아팠어. 그래서
하루는 작정하고 꼬치꼬치 물었지. 그러자 너는 작은
목소리로 말했어.

"아빠 때문에 아파."

"아빠가 널 아프게 한다고? 어떻게?"

"회사에 가서."

"회사에 안 가면 안 아파?"

"응."

"그럼 회사에 안 가면 안아 줘?"

"응."

너는 정말 그때부터 아빠가 일하러 가지 않는 날에만

안아 주더라. 아빠는 엄밀히 말해 회사에 다니는 건
아니었어. 하지만 프리랜서의 일과나 성우로서 스튜디오와
방송국에서 일하는 형태를 설명하기가 복잡해서 네게는
아침 일찍 집을 나설 때마다 회사에 다녀오겠다고 말했지.
"아빠 회사 다녀올게. 어린이집 잘 다녀와."

　　네가 곤히 자고 있는 날은 인사도 못 하고 나와야 했어.
아마 그즈음 넌 조금씩 의문을 가졌던 것 같아. '아빠는 왜
자꾸 사라졌다가 나타나는 거지?'

　　세상에는 많은 직업이 있고, 정해진 장소로
출퇴근하지 않는 직업인도 있어. 아빠처럼 예술 직종에
있는 사람들이 주로 그래. 한 회사에 매여서 일하지 않고,
프로젝트를 중심으로 일하는 '프리랜서'들이지. 하나의
프로젝트를 수행하기 위해서 팀으로 묶였다가 프로젝트가
끝나면 팀도 해체돼. 새로운 프로젝트를 맡으면 또 다른
사람들로 꾸려진 새로운 팀에 들어가는 거야.

　　아빠가 하는 일은 애니메이션이나 게임, 영화, 광고
같은 영상에, 공연장이나 행사장 같은 공간에, 장난감이나
인공지능 로봇, 학습기 같은 전자기기에 음성이 필요할
때 필요한 목소리를 녹음해 주는 거야. 하나의 녹음이
하나의 프로젝트가 되는 거지. 애니메이션 〈나의 히어로
아카데미아〉처럼 몇 년 동안 시즌이 이어지는 긴

프로젝트도 있고, 광고처럼 몇 분 만에 끝나는 프로젝트도 있어.

아빠는 하루에도 여러 곳에 가야 해. 애니메이션 더빙 녹음을 가면 한 번에 보통 1~3시간 정도 녹음을 해. 광고나 안내 멘트 같은 녹음은 20~30분 안에 끝나기도 하고, 대사가 많은 게임이나 오디오북 녹음을 가면 중간중간 쉬어 가며 3~4시간 넘게 녹음하기도 하지. 그래서 일을 의뢰받을 때 일정표를 잘 보고 녹음 스케줄을 잡아야 해. 하지만 연출가와 녹음실 일정도 맞춰야 하고, 다른 성우들과도 시간을 조정해야 하니까 자기 마음대로 할 수는 없어. 가끔은 녹음하는 것보다 일정을 배치하거나 일정 사이사이 장소를 이동하는 게 더 힘들 때도 있지.

아빠가 집에서 사라지는 시간 때문에 네가 불안해하던 그때, 어쩌면 일을 줄이고 너와 함께하는 시간을 늘리는 선택을 할 수 있었을지도 몰라. 하지만 프리랜서라고 완전히 자유로운 건 아니거든. 언제든 일이 확 줄 수 있고, 은퇴랄 것이 따로 없지만 캐스팅이 되지 않으면 은퇴하는 것과 마찬가지니까. 당장 일이 많다고 함부로 호기를 부릴 수는 없었어. 매일 열심히 나가서 일했고, 녹음이 없을 때는 다음 일을 준비하거나 책을 읽고 글을 썼어. 회사에 다니지는 않았지만 회사에 다니듯이 일을 했지.

성우의 목소리는 얼굴이 된다

프로젝트에 들어가려면 성우는 '캐스팅'되어야 해. 드라마나 영화에 나오는 배우처럼 배역을 맡아야 하지. 배우는 얼굴과 몸이라는 외적인 모습이 캐스팅되고 목소리는 자연스레 따라가는 형태야. 성우는 반대로 목소리가 캐스팅되고 신체는 따라가게 돼. 연기를 한다는 점에서 같지만, 배우는 화면을 빚어내는 데에 초점을 맞추고, 성우는 소리를 만들어 내는 데에 뿌리를 두는 거야.

물론 목소리가 좋은 배우들도 있어. 하지만 목소리가 배우를 평가하는 절대적인 기준이 될 수는 없지. 배우에게는 '얼굴'이 절대적이야. 잘생긴 것과는 조금 다른 문제야. 흔히 배우는 좋은 얼굴을 가져야 한다고 하는데, 그건 극에 등장하는 어떤 인물을 담아내기에 좋은 얼굴을 말해. 극에 등장하는 인물의 성격은 다양하잖아. 정의로운 주인공, 뻔뻔한 악당, 낭만적인 사랑꾼, 잔혹한 살인마…. 마찬가지로 성우에게는 좋은 목소리가 절대적이야.

좋은 목소리의 기준은 다양해. 어떤 사람은 꾀꼬리처럼 맑고 고운 소리를 좋아하고, 어떤 사람은 풍성한 저음을 좋아하지. 그런 기준으로는 성우의

목소리를 가늠할 수 없어. 성우도 정의의 사도, 파렴치한, 로맨티스트, 사이코패스를 목소리로 빚어내야 하니까.

아빠는 직업을 잘 택한 덕분에 목소리로 참 많은 캐릭터를 만들어 볼 수 있었어. "큰 힘에는 큰 책임이 따른다"라는 대사로 유명한 '스파이더맨'부터 인격이 30개인 사이코 사이비 교주(오디오클립 〈휴거1992〉)까지. 시간을 넘나드는 남자가 되어 "미래에서 기다릴게"(애니메이션 〈시간을 달리는 소녀〉)라는 로맨틱한 명대사도 해볼 수 있었지. 얼굴과 몸으로 하는 연기를 하겠다고 덤볐다면 지금보다 훨씬 인생이 고달팠을지도 몰라. 너도 알겠지만 아빠는 얼굴은 동그란 데에다 키도 그리 훤칠하지 않고, 몸 쓰는 걸 너무너무 싫어하니까.

흔히 성우를 '목소리 좋은 사람'이라고 오해하는데, 그게 아니라는 거야. 성우의 본질은 고운 소리로 정보를 전하는 게 아니야. 극에 등장하는 여러 인물을 적절한 목소리로 현실에 구현해 내는 게 핵심이지.

민혁이 삼촌(KBS 32기 성우 장민혁) 알지? 삼촌은 다큐멘터리 내레이션도 많이 하잖아. 그런데 내레이터도 하나의 인물을 연기하는 것과 같아. 좀 더 성격이 차분하고, 태도가 겸허한 인물이 된다고 할까. 한 명의 살아 있는 사람으로서 목소리를 전해야 하지. 뉴스 앵커가

최대한 감정과 해석을 배제하는 것과는 차이가 커.
'나'로서 사연을 전하고 노래를 소개하는 라디오 DJ와도
다르지. 똑같이 마이크를 통해 목소리로 하는 일이지만
이렇게나 달라.

진짜 시작은
프리랜서가 되고부터

　그 시기, 집에서 너와 함께 시간을 많이 보내던
엄마마저 아침마다 어디론가 사라져 버려서 더 힘들었을
거야. 엄마는 네가 세 살 때 KBS 성우 공채시험에 합격해서
출근하기 시작했거든.

　성우 시험에는 학력과 나이의 제한이 없어. 누구나
도전할 수 있지만 눈에 보이는 커트라인이 없지. 실기로
순전히 목소리 연기 실력만을 보기 때문이야. 지망생
기간을 얼마나 보낼지도 아무도 알 수 없어. 아빠는 성우
지망생으로 3년 반 정도를 보내고 시험에 합격했는데,
엄마는 무려 12년의 도전 끝에 합격했으니까.

　현재 KBS, EBS, CJ E&M(투니버스), 대교어린이
TV, 대원방송, 이렇게 다섯 군데 방송사에서 성우

공채시험으로 전속성우를 뽑고 있어. 공채시험에 합격하면 2~3년간 해당 방송국의 전속성우로 출퇴근하면서 성우의 일을 익히지. 기간을 채우면 모두 프리랜서 성우가 돼. 전속 기간에는 한국성우협회의 준회원으로 올라 있다가 프리랜서가 되면서 정식 회원이 되는 거야. 아빠는 오래전에 대원방송 2기 공채시험에 합격해서 2년의 전속 기간을 거쳤어. 그때는 말 그대로 회사원이었지. 그런데 성우는 프리랜서가 되는 순간부터가 진짜라고 생각해야 해.

공채시험은 방송국마다 방송의 성격이 달라서 시험을 보는 방식과 내용도 제각각이거든. 어떤 방송국은 성우를 라디오 프로그램에 주로 투입하고, 또 어떤 방송국은 애니메이션 더빙에 투입해. 그래서 시험 내용도 다를 수밖에 없는 거야.

공채시험에 관한 자세한 내용은 지금 설명하지 않을게. 만약 네가 정말 성우에 도전하고자 한다면 책이나 인터넷에서 쉽게 정보를 얻을 수 있을 테니까. 보통 독학보다는 성우학원에 등록해서 목소리 연기 공부와 훈련을 해. 아빠도 처음 성우에 도전해 볼까 망설이던 시기에 인터넷 커뮤니티에 가입해서 정보를 찾아보다가 본격적으로 준비할 때 성우학원에

등록했거든.

'미리 보기'가 안 되는 직업

어떤 직업이든 도전하고자 할 때 거쳐야 하는 과정은 의지가 있다면 얼마든지 찾아볼 수 있어. 무슨 시험을 통과해야 하고, 그 시험을 보려면 어디에서 뭘 공부해야 하는지 말이야.

하지만 알기 어려운 부분도 있어. 그 직업이 필요로 하는 능력, 적합한 성격 같은 것들이 있지. 겉으로는 좋아만 보이던 직업의 이면에 숨겨진 부분도 짐작할 수 없어. 지망생일 때 어떤 난관에 부딪힐 수 있고, 원하던 직업을 택했을 때 어떤 역경이 기다리는지, 이런 것들은 찾아보기 힘들다는 거야. 사람마다 강점과 약점이 천차만별이라 직접 부딪혀 보기 전에는 알기 어려워. 아빠와 엄마만 해도 그래. 아빠는 내성적인 성격이라 회식 자리에서 무슨 말을 해야 할지 몰라서 걱정이었는데, 외향적인 엄마는 성우실에서 말없이 앉아 있어야 할 때가 힘들었다고 하거든.

성우 10명이 있으면 10명의 길이 다 달라. 전속

기간에는 애니메이션 더빙만 했는데 프리랜서 성우가 된 후에는 광고를 주로 할 수도 있어. 반대로 전속 때 라디오 프로그램에서 내레이션 톤이 좋다고 했는데, 프리랜서가 되어 보니 맨날 더빙만 하러 다닐 수도 있지. 어떤 성우는 더빙과 내레이션을 골고루 하기도 하고, 어떤 성우는 본업보다 다른 분야의 일로 더 바빠지기도 해. 쇼호스트로 전향하거나, 라디오 DJ가 되거나, 방송인으로 얼굴을 드러내 활동하기도 하지.

성우는 겪어 보기 전에는 모르는 '미리 보기'가 안 되는 직업이지만, 또 그만큼 다양한 가능성이 있는 직업이기도 해. 아빠도 고등학생 때는 글 쓰는 게 꿈이었다가 대학교에서 방송국 활동을 하면서 성우를 꿈꾸게 되었거든. 그런데 지금은 성우로 살면서 글도 쓰고 있잖아. 이러려고 처음부터 계획했던 게 아니야. 가능성을 발견하고 한 발씩 나아가다 보면 내가 상상하지 못했던 기회와 맞닥뜨리게 되는 거지. 이런 게 성우라는 직업의 매력이자 프리랜서의 매력이라고 생각해.

66

성우는 겪어 보기 전에는
모르는 '미리 보기'가 안 되는
직업이지만, 또 그만큼
다양한 가능성이 있는
직업이기도 해.

99

좋은 목소리만으론 안 돼,
연기를 잘해야지

성우는 '미리 보기'가 안 되는 직업이라고 했잖아. 새카맣게 뒤덮인 세상이지만, 꽤 오래 그 어둠을 헤치며 살아온 사람으로서 들려주고 싶은 이야기가 있어. '내가 성우로 성공할 가능성이 있을까?', '청소년기에 성우로서 갖춰야 할 역량을 미리 기를 수 있을까?' 하는 궁금증에 대답해 줄게.

기독교에는 '은사恩賜'라는 개념이 있어. 성우가 되려면 국어사전과 친해져야 하는데, 국어사전에는 은사의 뜻이 '하느님이 준 재능'이라고 나와 있어. 아빠는 꿈을 찾거나 직업을 탐색할 때 이 말을 깊이 들여다봐야 한다고 생각해. 은사는 재능과 비슷하지만 조금 달라. '악마의 재능'이란 말이 있지만 '악마의 은사'란 말은 없거든.

나에게 어떤 은사가 있다면 그것을 알아챌 줄 알아야 해. 그 은사를 발휘할 만한 직업을 택했을 때 더욱 보람 있고 만족스러운 생활을 하게 될 수 있기 때문이야.

은사는 다음과 같은 특징이 있어.

• 계속 쓰고 싶은 마음이 든다.

- 쓸 때 기쁨을 느낀다.
- 씀으로써 나뿐만 아니라 타인도 기뻐한다.
- 쓸 때 수고보다 보상이 크다고 느낀다.
- 쓸 때마다 은사가 성장하며, 성장을 위한 영감이 계속 떠오른다.

성우는 목소리가 하나의 상품인 직업이지. 그러니 목소리 자체가 하나의 은사가 될 수 있어. 목소리를 계속 쓰고 싶은 마음이 들고, 목소리를 낼 때마다 나뿐만 아니라 주변 사람들이 기뻐하고, 목소리로 뭔가를 했을 때 내가 한 노력보다 칭찬을 많이 듣고, 어떻게 하면 다음에 더 좋은 소리를 낼지 아이디어가 떠오른다면, 목소리를 은사로 볼 수 있는 거야.

그런데 목소리를 재료로 하는 직업이 성우만 있는 건 아니잖아. 좋은 목소리는 가수나 아나운서 같은 직업에서도 중요하니까. 그 목소리로 무얼 하느냐가 다음의 문제야. 성우는 목소리로 '연기'를 해야 해. 음률을 붙여 노래를 하거나 또박또박 발음해 내용을 잘 전하는 게 아니라, 연기를 해야 하는 거야. 한마디로 '목소리 연기'지.

연기는 대본을 표현하는 작업이야. 글로 이루어진 대본을 사람들이 보거나 들을 수 있게 드러내는 일.

176

66

성우는 목소리가 하나의 상품인
직업이지. 그 목소리로 무얼
하느냐가 다음의 문제야. 성우는
목소리로 '연기'를 해야 해.

99

목소리 연기는 '보거나'를 빼고 '들을 수 있게' 해주는
일이 되겠지. 보더라도 귀를 통해 볼 수 있게 해주는 거야.
그러기 위해서는 크게 두 과정을 거쳐야 해.

   1. 글 속에 담긴 화자의 성격과 입장을 이해하고 공감하는
      과정
   2. 그것을 입체적인 소리로 표현해 내는 과정

   이 두 가지 과정을 잘 거쳐 글이 '좋은 목소리'로
표현되면 상품성 좋은 결과물이 나오는 거야. 여기서 좋은
목소리는 아까 말했듯이 그저 듣기 좋은 소리가 아니야.
특정 화자의 성격을 잘 나타내는 목소리지.
   간혹 음색은 참 듣기 좋은데 특징을 집어내기가
어려운 목소리가 있어. 반면 음색이 특별히 좋지는 않지만,
한 번 들으면 잘 잊히지 않고 뇌리에 박히는 목소리도
있지. 이처럼 성우의 목소리는 크게 두 종류로 나뉜다고 볼
수 있어. 노력하기에 따라 첫 번째 목소리는 다양한 성격을
소화할 수 있다는 장점이 있고, 두 번째 목소리는 독보적인
캐릭터를 만들 수 있다는 장점이 있어. 여기서 '노력하기에
따라'라는 말을 새겨들었으면 해. 이 말에 청소년 시기에
준비할 수 있는 무언가가 숨어 있거든.

세상 어디에든 목소리가 있어

우리는 아주 이른 시기부터 목소리에 대해 깊이 생각해 볼 수 있어. 아빠가 어릴 때는 TV에 나오는 외국 영화는 전부 우리말 더빙이었어. 초등학생일 때 〈죽은 시인의 사회〉라는 영화를 더빙 버전으로 보게 되었는데, 영화에서 들려오는 목소리들이 참 좋더라. 어쩌면 그 목소리가 만들어 내는 이야기나 장면들이 좋았을지도 몰라. 중요한 건, 영화의 일부가 되고 싶다는 생각이 들 만큼 나에게 아름답게 느껴졌다는 거야. 나도 그런 목소리를 내고 싶다고 생각했어.

그때부터 TV에서 우리말로 더빙한 영화가 나오면 그 앞에 꼭 앉아 있으려고 했어. 나중에는 다른 목소리들에도 이끌렸어. 라디오 DJ의 목소리가 귀를 잡아끌면 프로그램이 시작하길 기다렸다가 그 앞에 앉아 있었고, 배우의 목소리가 귀를 잡아끌면 드라마가 끝날 때까지 TV 앞에 앉아 있었어. 가수의 목소리가 좋으면 노래를 틀어 놓고 넋 놓고 앉아 있곤 했지.

어린아이이거나 학생이어도 좋은 소리를 찾을 수 있고, 소리가 귀를 잡아끌면 그 앞에 앉아 있을 수 있지. 주된 통로가 TV와 라디오에서 유튜브나 넷플릭스 같은 OTT로 바뀌었을 뿐이야. 세상 어디에든 목소리가 담겨 있어.

경험하지 않고도
생생하게 표현하는 법

소리는 나지 않지만 우리가 엉덩이 붙이고 앉아
있어야 할 곳이 또 있어. 바로 책 앞이야. 성우에게 책은
정말 중요해. 책 속에 무수히 많은 목소리가 글자의 형태로
잠들어 있거든. 여러 사람의 목소리를 잘 관찰해야 하는
이유도 결국 잠들어 있는 글자의 소리를 듣기 위해서지.
대본 속 평면적인 글자를 입체적인 소리로 바꾸는 것이
성우가 하는 일의 본질이거든.

책은 연기자에게 필요한 다양한 경험을 채워 줘.
실제로 겪어 볼 수 없는 일까지도 말이야. 세상에 있는
책을 다 읽진 못하겠지만, 그래도 직접 해보는 것보다는
훨씬 덜 위험하고 골라서 경험할 수도 있지.

익숙해지기만 하면 영화나 드라마를 보는 것보다 훨씬
빠르게 책을 통해 간접 경험할 수 있어. 여러 상황과 사람들
사이로 스스로를 던져 넣어 보는 거야. '안녕하세요'라는
인사도 어떤 상황에서 어떤 성격의 사람이 말하느냐에

따라 전혀 다르게 표현되거든. 책 속의 사람이 어떤 소리를 내는지, 그 세상이 어떤 소리로 채워져 있는지 상상하면서 읽어 봐. 낭독해 보면 더 좋고. 그러다 보면 네가 진짜로 살아가는 세상에서도 비슷한 상황과 사람을 만날 때가 있을 거야. 그런 순간을 잘 포착하고 기억해 두면, 연기뿐만 아니라 무슨 일을 하더라도 큰 도움이 될 거야. 이전보다 훨씬 더 깊이 공감하게 될 테니까.

네가 34개월 된 아기였을 때, 아빠 얼굴에 여드름 짠 자국을 가만히 만지면서 "아빠, 진짜 아팠겠다"라고 하고는 "호" 하고 불어 줬지. 그게 공감이야. 아무리 인공지능이 발달하고 기계가 사람을 대체한다고 해도, 공감은 인간 고유의 능력이니까. 공감의 목소리를 지켜 내고 키워 나가는 게 앞으로 성우의 일이면서 우리 모두의 일이 될지도 모르겠다. 아빠는 네가 꼭 성우가 되지 않더라도, 그렇게 '호' 불어 주는 목소리를 지닌 사람이 되면 좋겠어.

녹음실에서 기다릴게

아쉽게도 이제 일어설 시간이 다가왔네요.

182

잠깐이라도 제가 정말 아빠처럼 느껴졌나요? 그렇다면 그건 제가 잘 이야기해서가 아니라 여러분에게 목소리 연기를 할 만한 상상력과 공감력이 충분하기 때문일 거예요.

선배나 동료 성우들이 가끔 농담 반 진담 반으로 성우가 너무 많으니 이제 후배는 그만 뽑으면 좋겠다고 해요. 하지만 저는 그 말이 조금 무섭게 들린답니다. 문화·예술계에 있는 여러 직업이 사라지지 않고 발전해 나가는 근본적인 힘은 '신인'으로부터 온다고 생각하거든요.

저는 신인이라는 단어를 참 좋아합니다. 어린이와 청소년 들이 어떤 직업에 흥미를 느끼지 못하면 어떻게 될까요? 사람들은 점점 그 직업에 관심을 갖지 않게 되고, 나중에는 잊히고 없어지겠죠.

어느 일자리에 신인이 사라지면 그 직업은 결국 사라지고 말 거예요. 신인, 다시 말해 새로운 사람들이 어떤 직업의 문을 계속 두드려 주는 것. 그 자체가 그 직업을 살아 있게 하는 박동이라고 생각해요.

언젠가 신인이 된 당신의 목소리를 기다리겠습니다.

다른 포스트

뉴스레터 구독신청

이런 진로 이야기는 처음이야

본업 천재들이 들려주는 공부 의욕 뿜뿜 진짜 직업의 세계

초판 1쇄 2023년 6월 9일
초판 2쇄 2023년 11월 10일

지은이 나응식 최영근 오수영 황정아 고준채 허승 권용덕 심규혁

펴낸이 김한청
기획편집 원경은 차언조 양희우 유자영
마케팅 현승원
디자인 이성아 박다애
운영 설채린

펴낸곳 도서출판 다른
출판등록 2004년 9월 2일 제2013-000194호
주소 서울시 마포구 동교로 27길 3-10 희경빌딩 4층
전화 02-3143-6478   **팩스** 02-3143-6479   **이메일** khc15968@hanmail.net
블로그 blog.naver.com/darun_pub   **인스타그램** @darunpublishers

ISBN   979-11-5633-541-2 (43800)

다른 생각이
다른 세상을 만듭니다